Bücher! Bücher!
Geschichten für Buchliebhaber

Wolfgang Brenneisen

hat Bücher geschrieben
und Ausstellungen gemacht.
Weitere Informationen unter:
https://de.wikipedia.org/wiki/Wolfgang_Brenneisen

Wolfgang Brenneisen

Bücher! Bücher!
Geschichten für Buchliebhaber

© 2022 Wolfgang Brenneisen
Herstellung und Verlag:
BoD – Books on Demand, Norderstedt
ISBN 9783756862511

Inhalt

Die Welt der Bücher

Jeder Mensch ist bekanntlich einmalig und entzieht sich damit einer Klassifikation. Schon recht, aber im praktischen Leben kommt man nicht umhin, seine Mitmenschen zu sortieren und bestimmten Gruppen zuzuordnen. Ich will hier nicht in Einzelheiten gehen und alle möglichen Beispiele aufführen, sondern mich gemäß dem Thema dieses Buches oder Büchleins auf eine Grobeinteilung der Menschheit konzentrieren: Es gibt den Buchliebhaber und den Buchverächter.

Das soll nun nicht bedeuten, dass der Letztere nie ein Buch zur Hand nimmt. Das macht er schon, aber eigentlich nur, wenn er muss. Also zum Beispiel wenn die Führerscheinprüfung ansteht, das Geld erfolgreich anzulegen ist oder, sagen wir, ein tüftliges Grafik-Computerprogramm nur mit einem dicken Handbuch bewältigt werden kann. Bei der Lektüre muss etwas herausspringen, was im „wirklichen Leben" Vorteile bringt.

Der Buchliebhaber hingegen ist anders geartet. Er möchte in die Welt des Buches eintauchen, sich an einem ganz Anderen erfreuen, sich vergessen und verlieren in geistigen Abenteuern, aus denen er (zunächst einmal) nichts lernen kann. Wer mit Don Quijote loszieht und seinen Reden lauscht, wird daraus keinen praktischen Nutzen ziehen. Sollte er sich dennoch an seinem literarischen Vorbild orientieren und ihm nacheifern wollen, fällt er vielleicht mit Karacho durch die Führerscheinprüfung.

Mit dieser Feststellung könnte man es bewenden lassen, die Menschen sind halt verschieden. Jedoch gibt es noch einen weiteren Aspekt. Der Buchverächter weitet nicht selten seine Verachtung vom Objekt auf die Person des Antipoden aus: Wer sich lieber den Büchern widme als der „Realität", weiche dem „wirklichen Leben" aus und entfliehe in ein Wolkenkuckucksheim.

Aber was heißt da „wirkliches Leben"? Nennen wir den Buchverächter versuchsweise den Realisten. Er kommt beispielsweise nach Paris und sucht dort das pralle Leben. Dies findet er im Fußballstadion, wo Paris Saint Germain den Konkurrenten Olympique Marseille mit 1 : 0 plattmacht, in diversen Bars und schließlich im Palais Maillol. Nicht ganz billig, so ein Programm, aber das ist dann Paris konzentriert, hautnah und volle Pulle.

Und nun der andere, der blasse Buchleser. Nennen wir ihn den Fantasten. Er kennt Paris schon, seine Gewährsleute sind Balzac, Henry Miller, Hemingway, Simenon. Wenn er durch die Straßen flaniert, steigen Worte, Szenen, Bilder in ihm auf, imaginäre Personen gesellen sich zu ihm. Die Stadt ist ihm vertraut, aber sie ist auch ganz anders, als er sie sich in seiner Vorstellung modelliert hat. Wie auch immer, dank seiner literarischen Erinnerungen gewinnen die Bilder auf der Netzhaut eine poetische Tiefe, und wie in einem Film kommt eine Musik hinzu, die nur er hört.

Wer von den beiden hat jetzt mehr von seiner Reise? Wenn Sie sagen, der Erstere, der Realist, dann haben Sie das falsche Buch aufgeschlagen. Aber die Gefahr besteht ja eigentlich nicht. Als Buchverächter nehmen Sie sowieso kein schöngeistiges Buch in die Hand.

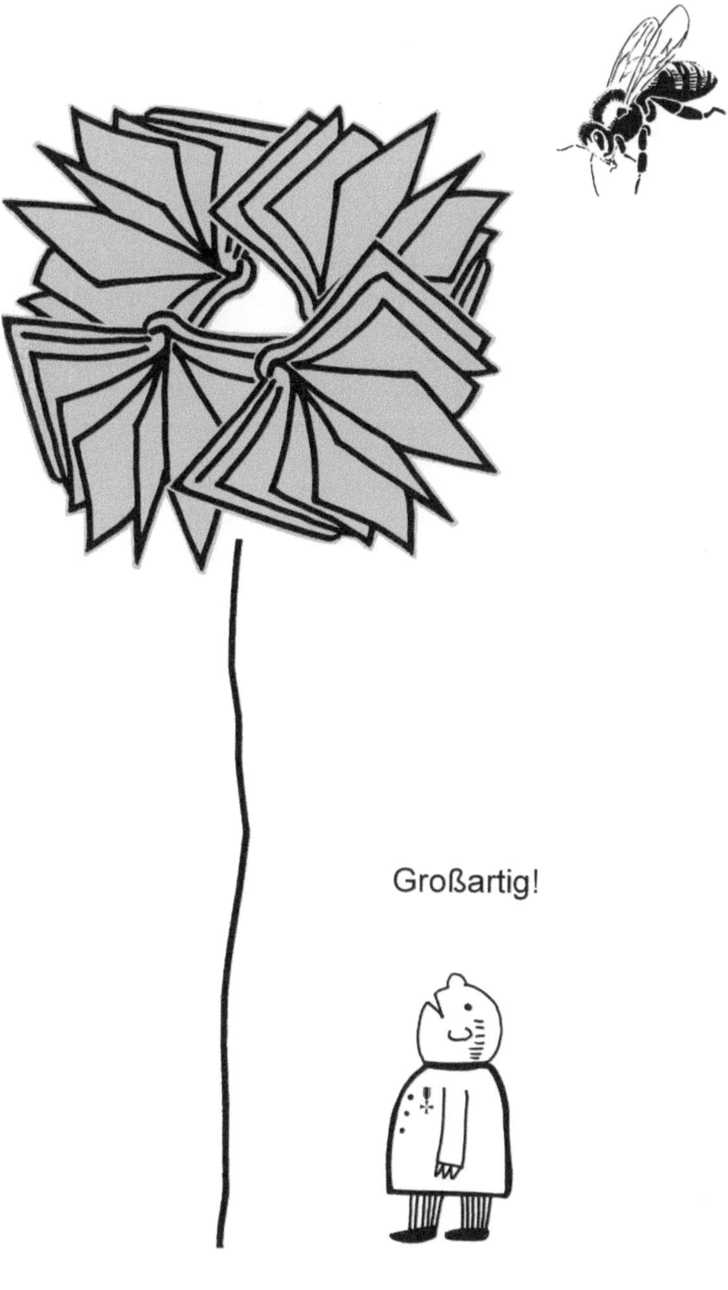

Großartig!

Brief an einen Buchhändler

Sehr geehrter Herr H.,

erlauben Sie, dass ich Sie, Ihr Wirken und Ihre Verdienste – stellvertretend für Tausende Ihrer Kollegen und Kolleginnen in Deutschland - hier würdige.

Vor nicht allzu langer Zeit bin ich in den Norden gezogen. Ich habe Ihre Buchhandlung nicht gleich für mich entdeckt, aber nachdem das erst einmal geschehen war, schaue ich gerne bei Ihnen herein.

Für meine Bedürfnisse hat Ihr Buchladen die richtige Größe. Bei sehr großen Buchgeschäften drängt sich bei mir der Eindruck auf, ich hätte mich in ein Warenlager verirrt, in dem der Flaneur eher ein störendes Element darstellt. Bei kleinen Buchläden dagegen habe ich nicht selten das peinliche Gefühl, den wackeren Buchhändler menschlich zu enttäuschen, wenn ich einmal nichts kaufe und mich unverrichteter Dinge und mit leeren Händen aus dem Geschäft schleiche.

Bei Ihnen dagegen scheint mir alles zu stimmen. Das Wichtigste ist mir die Vorauswahl, die der Buchhändler trifft. Natürlich kann er nicht alles anbieten, was die Verlage auf den Markt werfen. Andererseits hat der Leser und Buchkäufer wenig Lust, durch die endlosen Labyrinthe des Internetangebots zu wandern, bis er endlich das Passende findet. Der Buchhändler wird das ausstellen, was gerade in aller Munde und der letzte Schrei ist – so weit, so gut. Wenn er aber darüber hinaus für die eine oder andere Überraschung sorgt, für Akzente, die es so bei den großen Buchhandlungen nicht gibt (die offensichtlich glauben, mit quantitativen Bombardements das Urteilsvermögen des potentiellen Käufers sturmreif schießen zu können), dann, ja dann wird dem Besucher warm ums Herz. Vielleicht kauft er an diesem Tag trotz aller Verlockung kein Buch, aber es ist eine unterschwellige Sympathie entstanden, und nachdem er die Sache überschlafen hat, wird er wieder vorstellig, und es kommt zu einem schönen, beide Seiten zufriedenstellenden Geschäftsabschluss.

Die Architektur einer Buchhandlung ist ein weiterer wichtiger Faktor. Man könnte meinen, in dieser Hinsicht seien doch alle Läden gleich: im Wesentlichen Bücherregale und Tische, mit der Hervorhebung des einen oder anderen Buches. Tatsächlich aber hält man sich in der einen Räumlichkeit lieber auf als in der anderen. Eine gewisse Großzügigkeit ist von Vorteil, die verhindert, dass man sich gegenseitig auf die Zehen tritt oder den Atem des hinter einem Stehenden im Nacken zu spüren vermeint. Angenehme Lichtverhältnisse sorgen für körperliches und geistiges Wohlbefinden. Und nicht zu vergessen: Der Mensch ist ein Wesen, das zwar auch steht, aber beim Lesen gerne sitzt. Gerade in größeren Buchhandlungen signalisiert die Kargheit der Sitzgelegenheiten, dass der Kunde möglichst umgehend zur Kasse gehen und sich dann unverzüglich wieder aus dem Staub machen soll.

Und dann das Ambiente einer Buchhandlung! Diesbezüglich ist der Buchhändler selbst der Hauptverantwortliche. Der Kunde wird nicht erfreut sein, wenn ihn jemand mit einem verdrossenen Gesicht nach seinem Begehren fragt. Aber auch aufdringliche, emsige Freundlichkeit kann einem auf die Nerven gehen. Am schönsten ist es, wenn der Buchhändler durch taktvolle Zurückhaltung zu erkennen gibt, dass er dem Besucher selbständiges Denken und eigene Urteilskraft zutraut, andererseits aber auch zu einem lockeren Gespräch bereit ist.

In manchen Buchläden wird versucht, das Ambiente durch

allerlei Accessoires noch attraktiver zu gestalten. Wenn das Postkarten oder auch lustige Frühstücksbrettchen sind, mag das angehen. Wenn jedoch allerlei Krimskrams die Bücher geradezu überwuchert, erfüllt mich das mit Unmut. Das Ambiente leidet. Ich fühle mich dann eher in einem Drugstore. In diesem Arrangement wird das Buch zu einem Objekt neben beliebigen anderen.

Das gibt es bei Ihnen zum Glück nicht. Die Würde des Buches wird nicht in Frage gestellt. So stimmt eigentlich alles, und hier könnte die Hommage an Ihre Buchhandlung zu Ende sein.

Aber es gibt noch anderes zu sagen, denn so harmonisch die Gegenwart zu sein scheint, die Zukunft sieht für unsere Buchhandlungen nicht rosig aus. Wer hätte gedacht, dass die Erfindung des Smartphones eine Tradition von Jahrhunderten und Jahrtausenden in Frage stellt?

Das Smartphone. Es kam auf leisen Sohlen und schien der ideale kleine Helfer für alles Mögliche zu sein. Tatsächlich hat es einen nicht abzuschätzenden Mentalitätswandel initiiert. Kurz gesagt, über den praktischen Nutzen im Einzelnen hinaus ist das Smartphone ein Zerstreuungsmittel. Wer Langeweile hat und die Zeit totschlagen will, hat mit ihm einen treuen, unerschöpflichen Begleiter. Wenn die eine Botschaft keinen befriedigenden Unterhaltungswert hat, wischt man sie einfach weg und bekommt die nächste aufgetischt.

Nun könnte man sagen: Der Mensch hat unterschiedliche Bedürfnisse, er braucht auch Unterhaltung und Zerstreuung, und wenn er genügend davon konsumiert hat, kann er sich ja wieder ernsthaften Dingen zuwenden. Doch leider scheint das bei vielen Individuen nicht zu funktionieren. Bei ihnen scheint die Zerstreuung der dominierende geistige Modus zu sein.

Damit aber ist das Smartphone der Antipode des Buches, denn dieses, auch wenn es „nur" zur Unterhaltungsliteratur gehört, verlangt, dass man bei der Stange bleibt. Ja man kann sagen, dass sich mit dem Lesen eines Buches eine Grundfertigkeit im Geistigen herausbildet: sich auf eine Sache zu konzentrieren, auch über längere Zeit, auch über Durststrecken hinweg. Durch das Lesen von längeren Texten wird eine geistige Ausdauer antrainiert.

Natürlich wird es, Smartphone hin oder her, immer Menschen geben, die Bücher lesen, aber, diese Prognose ist nicht allzu gewagt, ihre Zahl wird abnehmen. Wenn in den letzten Jahren viele Buchhandlungen schließen mussten, ist das ein deutliches Indiz für die These.

Der Film „Fahrenheit 451" fällt einem ein, in dem eine Gesellschaft gezeigt wird, in der das Lesen von Büchern unerwünscht ist. Bücher werden von Staats wegen vernichtet - eine Parallele zu Orwells Dystopie „1984". Eine kleine Gruppe von Menschen, man könnte von einer Sekte sprechen, entzieht sich der staatlichen Gewalt – allerdings in einer Art Reservat, wobei man sich des Eindrucks nicht erwehren kann, dass dieses „Happy End" eher ein frommer Wunsch, eine Illusion ist.

Das Smartphone jedoch macht solche rigorosen Maßnahmen überflüssig. Aldous Huxley bietet uns mit seiner „Brave New World" eine Vorstellung, wie die Menschen aus eigenem Antrieb das von den Weltlenkern Gewünschte tun. Natürlich lässt sich Huxleys Modell nicht einfach auf unsere gegenwärtige Situation übertragen. Wer sollen denn die Weltlenker sein? Amazon, Google, Facebook? Wenn ja, welche Ziele verfolgen sie, über den Profit hinaus?

Wie auch immer, das Smartphone verändert die Welt, und meiner Meinung nach nicht zum Besseren. Die Weichen werden gestellt in Richtung auf eine oberflächliche, sprunghafte Gesellschaft, in der die geistige Ausdauer nicht der oberste Wert ist.

Trotz allem, das Buch wird bleiben, und Buchhandlungen werden bleiben, denn diese Erfindungen sprechen Grundbedürfnisse einiger Menschen an. Ich nehme an: Es wird eine Minderheit sein, die in Büchern treue Freunde sehen. Gemeint sind nicht Bücher als reine Informationsträger, die vermutlich auch für Ingenieure und Programmierer unerlässlich sind. Gemeint sind vielmehr Bücher, die zur geistigen Welt eines Menschen gehören, ja diese mit schaffen.

In dieser Hinsicht ist die Buchhandlung ein sehr wichtiger Ort. Wichtiger als die ehrfurchtgebietenden Bibliotheken mit ihren tausenden und abertausenden Bänden. Ich behaupte, dass - Ausnahmen mögen die Regel bestätigen - eine persönliche Beziehung zu einem Buch in erster Linie dann entsteht, wenn man es selber besitzt. Das geliehene Buch ist eine flüchtige Erscheinung (auch wenn es vielleicht einen starken Eindruck hinterlassen hat). Das eigene Buch dagegen ist Teil des Lebens. Man kann es zur Hand nehmen, sich seiner vergewissern, diese oder jene Stelle wieder lesen, man stößt auf Notizen, kann neue Bemerkungen dazuschreiben, man denkt an den Kauf oder die Geschenksituation, Erinnerungen steigen auf – kurz, dieses Buch ist eine ganze Welt mit persönlicher Prägung, eine Geschichte, die nie zu Ende geschrieben ist.

Wer diese Erfahrungen gemacht hat, wird bei den Sirenenklängen des Smartphones nur müde abwinken. Deshalb glaube ich nicht an das Ende des Buches. Und wenn das Buch ein Freund sein kann, dann ist es auch der Freund des Freundes – der Buchhändler.

Ich gehe
immer zum
Buchhändler
meines
Vertrauens.

Der Durchbruch

Der Buchhändler K. ist, mit Verlaub. ein Schlitzohr, und wer sich in seine Räumlichkeiten begibt, sollte sich im Klaren sein, worauf er sich einlässt. Zu Büchern hatte dieser K. ursprünglich überhaupt keine Beziehung, sah keine Notwendigkeit, je eines aufzuschlagen. Saß in seiner Freizeit einfach da, kippte ein Bier nach dem anderen und schaute einfältig vor sich hin.

Aber eines Tages brach er sich ein Bein, lag eingegipst und untätig im Bett und gewöhnte sich damals das Lesen von Büchern an. Als systematisch veranlagter Mensch begann er mit den Büchern eines gewissen Äschylos, rackerte sich durchs Alphabet und endete bei den Büchern eines gewissen Zola. Sechstausend Bände insgesamt, und als er damit fertig war, wusste er alles, was ein Mensch nur wissen kann, sagte er, und las seitdem keine Zeile mehr.

In seiner Wohnung standen und lagen allerdings die sechstausend Bücher – dieser Nichtsnutz hatte sein ganzes Vermögen, das er geerbt hatte, dafür verschleudert. Ein anderer hätte vielleicht den Krempel zur Müllkippe transportiert oder für fünfzig Euro an einen Altpapierhändler verkloppt. Nicht so K.

Dieses Schlitzohr erfuhr, dass der Schuster Husch, Alexander mit Vornamen, beim Besohlen eines Stiefelpaares des Lebens im Allgemeinen und seines im Besonderen überdrüssig geworden war, die Arbeit am linken Stiefel zwar noch auftragsgemäß zu Ende geführt hatte, dann aber unter stillem Protest und leblos über dem rechten zusammengebrochen war. K. übernimmt also für wenig Geld, genau genommen auf Pump, den Schusterladen, mit dem die Erben nichts zu tun haben wollen. Lässt alles beim Alten: das Geschäftsschild, das Schaufenster, die Gerätschaften – nur in der Hinterstube stapelt er seine sechstausend Bücher.

Nicht alle Kunden von Husch haben mitbekommen, dass es jetzt mit dem Besohlen von Schuhen aus ist. Da kommt zum Beispiel ein gutgläubiger Mensch in den Laden und wickelt vor K., in dem er den neuen Gesellen vermutet, ein paar fürchterlich zertretene Galoschen aus. Die solle man reparieren, bitteschön.

Was tut K., dieser Schuft? Schaut sich die Ruinen von Schuhen gründlich und scheinbar fachmännisch von allen Seiten an und sagt dann, das Unternehmen sei jetzt zwar, dem Zuge der Zeit folgend, ein Buchladen und den Fortschritt könne man sowieso nicht aufhalten, aber das Problem sei trotzdem ohne weiteres und sogar noch billiger als früher zu lösen. Latscht also nach hinten, holt ein Buch von einem gewissen Balzac, blättert und blättert und findet tatsächlich eine Stelle, wo genau beschrieben wird, wie jemand Schuhe besohlt.

Der Kunde kriegt noch ein Stück Leder aus dem Nachlass, Ahle und Nadel mit auf den Weg – und so hat sich K. seinen ersten Kunden ergaunert. Zwar taugt die Gebrauchsanleitung von diesem Balzac überhaupt nichts, und Schuhe, Leder, Ahle und Nadel landen im Mülleimer. Aber andererseits hat der Kunde ein paar recht delikate Stellen in dem Buch gefunden, über Dinge, von denen dieser Balzac offensichtlich erheblich mehr verstanden hat, und der Buchhändler K. verkauft nach und nach neunzig Bände, macht einen hübschen Schnitt dabei. Ordert sogar vom Buchhandel noch weitere Bücher und könnte jetzt allein von Balzac und einer Handvoll Kunden leben, die auf Ferkeleien aus der guten alten Zeit besonders scharf sind.

Nachdem der Buchhändler K. jedoch gesehen hat, wie leicht sich von Büchern leben lässt, fängt er an zu expandieren, und das macht er, wie folgt. Im selben Haus grenzt der Schusterbuchladen an eine Art Café oder Kneipe, eigentlich eine recht trostlose Kaschemme, die von Madame Ordloff von Peertz aus Estland betrieben wird. Diese Madame kocht einen lausigen Kaffee, doch ihr türkischer Mokka ist hervorragend. Es gibt auch scharfe Getränke, und an manchen Tagen kocht sie einen dicken, fetten Bortsch, bei dem es manchen schon vor dem ersten Löffel hochkommt, für andere allerdings ist dieser Bortsch eine große Köstlichkeit. Jedenfalls hat Madame Ordloff von Peertz ihre Kundschaft und lebt nicht schlecht.

Der Buchhändler K., dieser verschlagene Fuchs, hat ein Auge auf das Etablissement geworfen und geht mehrmals am Tag hinüber zur Madame, trinkt einen türkischen Mokka, macht ein paar Komplimente, kurz, man kommt sich menschlich näher.

So gut sei der Mokka, behauptet K. scheinheilig, dass er ihn auch gerne zu sich nähme, wenn ihn die Kundschaft in seinem Schusterbuchladen festhalte. Nun wird also ein Loch in die Wand geschlagen, und wenn es K. wieder nach einem Mokka gelüstet, steckt er einfach seinen Kopf durch die Öffnung, plaudert ein wenig mit der Madame und erbittet sich ein Tässchen. Nach einiger Zeit reicht eine kräftige, aber wohlberingte und sauber manikürte Hand das Getränk herüber, K. deutet einen galanten Kuss an und säuft den Mokka mit einem Zug aus.

Was soll ich sagen? Das Loch wird so vergrößert, dass man bequem durchgehen kann, der Buchhändler K. bittet um die Hand von Madame Ordloff von Peertz, kriegt sie natürlich, weil diese schon lange darauf gewartet hat, und bereits am Tag nach der Hochzeit liegen K.'s Bücherschwarten auf den Cafétischchen! Da hat er also die Lokalität in einen Zweigbetrieb seines Buchladens umfunktioniert.

Nicht alle Gäste von Madame Ordloff von Peertz nehmen das Angebot an, manche stürzen nur die Schnäpse in sich hinein und löffeln den Bortsch aus, benutzen allenfalls ein Buch dazu, um einen wackligen Tisch zu stabilisieren. Andere jedoch fangen an zu blättern, während der Mokka brodelt, und ein Mensch erwärmt sich für die Bücher eines gewissen Hegel (durch die sich der Buchhändler K. seinerzeit mit großem Widerwillen gequält hatte), jedenfalls bringt dieser Hegel jetzt gutes Geld, und K. muss sogar neue Bände nachbestellen, weil die Kundschaft Hegel geradezu verschlingt.

Nun sollte man denken, mit diesem Durchbruch könnte der Buchhändler K. zufrieden sein: Er hat ein gutgehendes Geschäft in zwei ganz unterschiedlichen Abteilungen, der Mokka fließt nach Belieben, und eine treusorgende Gattin mit kräftigen Oberarmen liest ihm jeden Wunsch von den Augen. Aber nein! Die nackte Gier treibt diesen K. weiter.

Liegt die Lokalität von Madame Ordloff von Peertz zur Rechten des Schusterbuchladens, so ein stark frequentiertes Wettbüro zur Linken. Wieder lässt sich der Buchhändler K. ein Loch in die Wand schlagen, um im rechten Moment auf das richtige Pferd zu setzen, wie er sagt. Reicht also fleißig seine Wettscheine durch, verliert, gewinnt, verliert, auf jeden Fall ist er der beste Wettkunde, und so macht man eines Tages das Loch größer, damit K. bequem ein- und ausgehen kann.

Drüben legt er seine Bücher auf die Tische, an denen die Leute sitzen, über den todsicheren Tipps knobeln, vor allem aber darauf warten, dass die verdammten Gäule endlich losrennen. Die Stunden rinnen langsam dahin – kein Wunder, dass das Buch eines gewissen Proust mit dem zynischen Titel „Auf der Suche nach der verlorenen Zeit" zum absoluten Renner wird und vorübergehend sogar diesem Hegel den Rang abläuft.

Der Wettbürobesitzer Schlund, ein abgefeimter Betrüger, wittert das große Geschäft, kauft sich mit 49 % beim Buchhändler

K. ein, wofür dieser einen entsprechenden Anteil an Schlunds Wettbüro erhält. Eine Zeitlang bleibt offen, wer wen aufs Kreuz legen wird, und man schließt Wetten ab. Schlund wird als haushoher Favorit gehandelt: 3 : 1, zum Teil sogar 7 : 2. denn da er schon einige Prozesse wegen Schwindeleien erfolgreich abgeschmettert hat, gilt er als Profi.

Aber eines Tages wird er ausgebootet und muss wider Erwarten das Feld räumen, und der Buchhändler K. verfügt nun zu 100 % über eine dritte Filiale mit angeschlossenem Wettbüro. Legt auf die Tische mächtige Stapel mit Büchern über Gäule und wie man dem launischen Schicksal ein Schnippchen schlägt. Das Glück bleibt weiterhin im Allgemeinen launisch, nur der Buchhändler K. kann nicht klagen, seine Geschäfte blühen und gedeihen.

Er schafft sogar den Durchbruch nach oben, in das Wartezimmer des Zahnarztes Queck. Statt der zerfledderten, schmuddeligen Illustrierten liegen jetzt die Bücher eines gewissen Shakespeare aus, der nicht davor zurückschreckt, die größten Scheußlichkeiten drastisch zu beschreiben oder wenigstens in tückischer Hinterhältigkeit anzudeuten, sodass der Patient das anschließende Bohren, Feilen oder das schlichte Herausreißen seiner Zähne gar nicht mehr so recht wahrnimmt, so verstört und innerlich aufgewühlt ist er noch. Jedenfalls erweist sich der Autor Shakespeare als eine solide Stütze des Buchhändlers K., denn für Perversionen ist die Menschheit schon immer empfänglich gewesen.

Ja, der Buchhändler K. ist ein Genie und ein durchtriebener Geschäftsmann. Gut sortiert, wie er ist, können ihn auch vorübergehende Einbußen nicht schrecken und schon gar nicht treffen. Denn wenn zu Zeiten die Gäule nicht so rennen, wie er kalkuliert hat, wenn also sein Wettbüro in die roten Zahlen gerät – der leckere Bortsch von Frau K., geborener Ordloff von Peertz, wird weiterhin gelöffelt wie nach einem verlorenen oder gewonnenen Krieg. Und wenn dieser Hegel nicht mehr so gut traben sollte wie einst, dann hat plötzlich ein Marquis de Sade die Nase vorne, und wie!

Um den Buchhändler K. ist mir nicht bange. Schauen Sie sich nur das Haus an, in dem er seine Geschäfte abwickelt! Es ist nur eine Frage der Zeit, bis er wieder einmal einen Durchbruch geschafft hat…

Meistererzählungen

Sosehr man die Menschheit kritisieren mag, und das aus guten Gründen, eines muss man ihr hoch anrechnen: dass sie unermüdlich nach dem Vollkommenen strebt. Und selbst wenn ein Mensch total versagt und, sagen wir, ein Unternehmen fast in den Ruin getrieben hat, steht in seiner Beurteilung: Hat sich bemüht.

Das erkennen wir voller Respekt an. Noch befriedigter sind wir allerdings, wenn diese Bemühung erfolgreich gewesen ist, wenn das Vollkommene Gestalt angenommen hat. Das gelingt zugegebenermaßen selten, regelmäßig jedoch im Buchhandel. In der Flut der Angebote weiß ich oft nicht, welches der vielen bunten Bücher ich erstehen soll und will. Aber dann sticht mir auf einem Band das Prädikat „Meistererzählungen" ins Auge. Da zögere ich nicht lange, dieses Buch kaufe ich sofort, bezahle bar und trage das Vollkommene schwarz auf weiß nach Hause. Eine Tasse Tee, die Pfeife, und dann her mit dem köstlichen Schmökerstoff.

Aber welche Enttäuschung muss ich da erleben! Die eine Geschichte, stellt sich heraus, hat man mir schon als Schüler vorgesetzt, sie wurde sechs Wochen lang nach allen Regeln der Kunst durchgenommen, und damit ist sie natürlich für mich auf immer und ewig gestorben. Die nächste Geschichte fängt nicht übel an, dann allerdings kommt mir das Ganze ziemlich bekannt vor, und am Ende kann ich mich nicht mehr der Einsicht verschließen: Der Autor hat einfach Tschechow oder Boccaccio gestreckt und verwässert. Und die letzte Erzählung ist offensichtlich nur deshalb in den Band aufgenommen worden, weil noch neun Seiten fehlten, das ist schiere Stümperei. Wo bleibt also das Meisterhafte, mit dem man mich zum Kauf verführte?

Es liegt mir fern, den Buchhandel – wie soll ich sagen – der Fehleinschätzung zu bezichtigen. Die Verlage tun, was sie können, in lauterster Absicht, und das Versagen liegt eindeutig auf der anderen Seite, beim Leser. Denn es ist doch klar, dass nur ein Meister einen anderen richtig würdigen kann. Nur ein Meisterleser wird ein Auge für all die wunderbaren Nuancen und Schattierungen dieser Meistererzählungen haben. Unermüdlich streuen also die Verlage ihre Perlen aus, und wir schnüffeln verdrossen dran herum – wie die Säue.

#1   JWG

Nummer eins: John W. Goethe

Dass die Literaturszene neben den erhabenen auch sportliche Züge hat, ist vielleicht nicht jedem auf den ersten Blick klar. Bei näherem Hinsehen erkennt man jedoch die Bemühung um Best- und Höchstleistungen und eine muntere Rivalität zwischen den Literaten. Der eine versucht den anderen zu übertreffen, in den Schatten zu stellen, ja geradezu auszulöschen. Wie schön ist es, auf der Bestsellerliste ganz oben zu stehen! Welch tiefe Befriedigung, wenn die eigenen Bücher gut gehen, während die des verhassten Konkurrenten verramscht werden.

Auch in der Literaturgeschichte kann man die Herausbildung einer Rangliste erkennen. Manche Dichter arbeiten sich, posthum und gewissermaßen aus dem Jenseits, noch ganz schön nach oben, während andere, einst hervorragend Platzierte völlig von der Bildfläche verschwinden. Um unsere aktuelle Dichterrangliste besser verstehen zu können, ist es von Vorteil, vertraute Kategorien und Vorstellungen aus der Welt des Tennis zu verwenden.

Die unbestrittene Nummer eins ist und bleibt John W. Goethe. Obwohl er manches seinem Coach Jay G. Herder zu verdanken hatte, dürfte seine Leistung vor allem durch seine Naturbegabung zu erklären sein. Erstaunlich war seine Fähigkeit, bewährte Spielweisen durch andere, noch überzeugendere oder zumindest dem Alter optimal angepasste zu ersetzen. Goethe begann wie die meisten Newcomer als stürmender und drängender Angriffsspieler, später jedoch dominierte er das literarische Feld mit seinen überlegten, durchdachten, genialen Grundlinienschlägen.

An Nummer zwei hält sich offiziell der beharrliche, fleißige Fred Schiller, obwohl er nach anderen Computerberechnungen weiter hinten geführt werden müsste. Fred hatte ein fulminantes Debüt als Serve-and-Volley-Spieler. Später schlaffte er etwas ab und kopierte die Taktik der Nummer eins, was ihm jedoch nicht ganz gelang. Die zappeligen Upstarts niederzuhalten, schaffte er allerdings ohne Mühe.

Platz drei behauptet dank seiner Aufschlagstärke Henry Kleist. Alles oder nichts, lautete seine Devise, und an seinen guten Tagen war kein Kraut gegen ihn gewachsen. Da wurde er sogar der Nummer eins so unheimlich, dass sie Mäßigung verlangte. Aber Mäßigung war das Allerletzte, wozu sich Henry verstehen konnte!

Wo Freddy Hölderlin hingehört, bleibt eine unentschiedene Sache. Seine Fans wollen ihn ganz, ganz vorne sehen. Wie auch immer, zu den Top Ten zählt er auf alle Fälle. Freddys Spezialität war der Lob, den kein anderer höher zu schlagen vermochte. Freddy behauptete selbstbewusst, den Ball bis in die Region der Götter befördern zu können. Na na.

Tom Mann liegt etwa bei zwölf, zum Leidwesen seiner Kollegen. Was ihn so unsympathisch machte, war seine Schafsgeduld. Tom schlug immer noch einen Ball mehr als die anderen, mit seinen gefürchteten epischen Breitseiten schien er oft kein Ende zu finden. Dabei machte er kaum einen Fehler. Eine schreckliche Nervensäge!

Abgefallen ist mittlerweile Burt Brecht, er krebst etwa bei Platz 22 herum, obwohl seine Fans das nicht wahrhaben wollen. Burt hatte das Zeug dazu, einer der ganz Großen zu werden. Aber der Junge dachte einfach zu viel. Er spielte stur nach seinem eigenen Lehrbuch und machte damit sein Spiel zu durchsichtig. Es ist zu befürchten, dass er noch weiter absackt.

Diese wenigen Anmerkungen mögen genügen. Wir wollen hier ja nur die Fakten schlicht und nüchtern aufführen und den

Leser ein bisserl zum Denken anregen. Was meinen Sie wohl, wo jetzt Hermann Hesse steht, der mit seinem vertrackten schwäbischen Spin nur krumme Bälle über das Netz zirkelte?

Das Programm

Es ist erheblich leichter, ein Buch zu schreiben, als ein solches bei einem Verlag unterzubringen, ja das Letztere ist eigentlich ein Ding der Unmöglichkeit. Ich weiß, wovon ich rede, denn wenn ich die Zahl meiner veröffentlichten Bücher mit der meiner noch unveröffentlichten vergleiche, dann stelle ich ein eklatantes Missverhältnis fest. Woran liegt das? Es liegt vor allem am Programm, nicht an meinem, sondern am Verlagsprogramm.

Ich gestehe, dass ich zu Beginn meiner schriftstellerischen Karriere auf Verlagsprogramme überhaupt nicht achtete. Wenn ich wieder einmal ein Meisterwerk vollendet hatte, steckte ich es einfach in einen Umschlag und schickte es an einen der großen, renommierten Verlage von Weltgeltung. Der Verlag machte es sich nicht leicht, er dachte lange, lange nach, das konnte gut und gerne ein Jahr dauern, dann rang er sich unter großem Bedauern seufzend zu einem negativen Bescheid durch. Die Qualität meines Werkes stellte er keineswegs in Abrede, aber es passe leider, leider nicht in das „Programm".

Nachdem ich etwa ein Dutzend dieser Briefe erhalten hatte, deren Formulierungen sich übrigens in erstaunlicher Weise ähnelten, kam ich nicht umhin, das Programm zur Kenntnis zu nehmen. Was aber ist ein „Programm"? Nach vielen Untersuchungen gelangte ich zu der Einsicht, es müsse so etwas wie die „geistige Linie" des Verlags sein. Der eine favorisiert zum Beispiel rasante Aktionsromane, der andere beschauliche Dorf-Idyllen. So setzte ich mich hin, nahm einen bestimmten Verlag ins Visier und schrieb haargenau, was dieser brauchen konnte, ja dringend benötigte. Nach einem halben Jahr erhielt ich die verblüffende Antwort, mein Werk sei großartig, aber es passe leider, leider nicht in das Programm.

Ich gab es auf. Ich steckte die zehn Manuskripte, die sich bis dahin wieder angesammelt hatten, in zehn verschiedene Umschläge und schrieb wahllos die Adressen von zehn verschiedenen Verlagen darauf. Sie werden es nicht für möglich halten: In zwei Fällen bekam ich schon nach drei Monaten die Antwort, mein Buch sei ein wunderbarer Glücksfall, es passe haargenau in das neue Herbst- bzw. Frühjahrsprogramm.

Wenn Sie mich also fragen, was ein Verlagsprogramm sei – ich weiß es nicht und die Verlage vermutlich auch nicht.

Ihr Buch passt leider
nicht in unser Programm.

Die Große Universität

Es gibt verschiedene Theorien, wie das Gebäude der Großen Universität beschaffen sei. Wenn man sich ihm von der Ebene her nähert, bietet es sich dar als eine riesige Mauer, in die kleine Fenster, Klappen und Türen eingelassen sind. Dieser erste Eindruck hat manche zu der Behauptung geführt, hier teile sich das Universum in zwei Bereiche, in den des Wissens und den der Unwissenheit. Andere glauben eine leichte Krümmung wahrnehmen zu können und vertreten deshalb die Ansicht, es sei ein gigantisches kreisförmiges Gebäude, vermutlich auch nach oben und unten gerundet: in der unendlichen, unerlösten Dummheit des Alls schwebe also die Galaxie der Weisheit und Gnade.

Nicht möglich erscheint es, die Richtigkeit der einen oder der anderen Ansicht zu beweisen, denn so gewaltig dehnt sich die Große Universität aus, dass auch nach wochenlangen Reisen entlang der Mauer eine Krümmung unmessbar bleibt. Verwegene Abenteurer, wohl ausgestattet mit widerstandsfähigen Kamelen und reichen Vorräten zogen los mit dem Schwur, das Geheimnis zu ergründen. Sie blieben verschollen.

Sogar im Inneren der Großen Universität herrscht Unklarheit über die Form der baulichen Anlage. Ich kann das sagen, weil ich ihr selbst angehöre, wenn auch nur als einer ihrer geringsten Diener. Natürlich gibt es gewaltige Fakultäten, die sich eben diesem Problem widmen und schon beträchtliche Fortschritte erzielt haben wollen. Aber wie überall bekämpfen sich auch hier die unterschiedlichsten Schulen und Lehrmeinungen. Ja für diesen Teil der Universität wäre die Lösung der Frage geradezu das Ende der Existenzberechtigung, also eine Katastrophe, und schon deshalb ist prinzipiell nicht mit einer

Klärung zu rechnen.

Als junger Mensch bin ich durch eine der vielen Türen einge-
treten und hatte es für selbstverständlich gehalten, dass man
mich aufnahm. Es stand für mich außer Frage, dass ich Stufe
für Stufe hinaufsteigen, Ring um Ring durchschreiten und am
Ende selbst dem Innersten Kreis angehören würde. Jetzt bin ich
alt und hause immer noch in dem zugigen Raum neben dem
Eingang. Tod oder Verdammung können mich jederzeit treffen.

Für die glänzende Literaturwissenschaft hatte ich mich entschieden, und nur von diesem kleinen Teil der Großen Universität sei hier die Rede. Da mir die Verse damals leicht aus der
Feder flossen, glaubte ich, die besten Voraussetzungen für eine
ehrenvolle Laufbahn mitzubringen. Mit welcher Blindheit war
ich geschlagen! Hatte ich seinerzeit nicht das verachtete Gesin-
del der Dichter gesehen, das sich damals wie heute um den
Einlass balgte, um für ein paar gute Worte seine Schriften abzu-
liefern? Hatte ich wirklich geglaubt, den Geruch des Rudels
verleugnen zu können?

Sie ließen mich herein, wie es einer solchen Kreatur zustand:
als Sklaven. Sie gaben mir das bisschen Stolz, das mich davon
zurückhielt, gedemütigt unter dem Gelächter der anderen die
Große Universität wieder zu verlassen.

Welch höllischer Lärm draußen! Dieses Knattern, das jeden
Gedanken lähmt. Wieder steht einer der bunt gekleideten Kritiker vor der Tür und lässt seine große Rätsche schnarrend kreisen. Ein paar Dichter lungern bei ihm und hoffen, dass er
zustande bringe, wozu sie nicht in der Lage sind: Aufmerksamkeit zu erregen. Sie achten auf geziemenden Abstand, denn
tückisch ist der Kritiker Wohlwollen, fürchterlich ihr Zorn und
ihre Rachsucht, und selbst die Große Universität mit ihren
mächtigen Orden wagt nicht, sie zu ignorieren. So bin ich ge-

halten, ihnen mit gebührender Achtung zu begegnen und die von ihnen gepriesenen Schriften entgegenzunehmen.

Natürlich werden die meisten der eingereichten Dichtungen sofort ungelesen in die unterirdischen Gewölbe getragen. Nichts wird weggeworfen oder vernichtet, denn die Unglückseligen, die aus der Gnade der Großen Universität gefallen sind, werden zum Lesen alles je Geschriebenen verdammt. Eine schreckliche Stille brütet in der Tiefe, und grauenvoll erschallt zuweilen der Schrei eines wahnsinnig Gewordenen.

Wir da oben versuchen, in rasender Arbeit die Drohung, die über uns allen schwebt, zu vergessen. Obwohl nur ein Bruchteil der eingereichten Schriften übrig bleibt, türmen sich Berge von Manuskripten, zu deren Lektüre wir verpflichtet sind. Ständig werden Seiten geblättert, und man glaubt ein ununterbrochenes nagendes oder mahlendes Geräusch zu hören. Dann wieder kratzt eine Feder über das billige Papier, das man uns zur Verfügung stellt.

Unbedeutend ist die Aufgabe, die wir zu erfüllen haben, aber dennoch tun wir den ersten Schritt auf dem Wege zur Wahrheit. Was die Dichter uns vorgelegt haben, geht natürlich über unbeholfenes Gestammel nicht hinaus: dumpfe Materie, bloßer Rohstoff, in dem aber immerhin ein Funke göttlichen Geistes wie in einer Schlacke eingeschlossen sein mag. So obliegt es uns, den Stoff zu läutern, umzuschreiben, der Klarheit näher zu bringen. Zugleich aber - und das ist ein Akt nackter Selbstbehauptung - müssen wir versuchen, die Aufmerksamkeit der Oberen zu wecken und zu bewahren. Wir müssen unsere Scharfsinnigkeit unter Beweis stellen und legen also den Mantel der Gelehrsamkeit um das eben Enthüllte und Vereinfachte.

Erfolgsrezepte gibt es nicht, davon zeugen unerwartete Verdammungen wie Beförderungen. Als Faustregel gilt: Wenn sich der Sinn eines Satzes schon beim ersten Lesen erschließt, ist es Stümperei. Aber keine Kunstfertigkeit garantiert einen Anspruch auf Erhörung. Erst gestern wurde einer der unsrigen von den Bütteln der Großen Universität in die unterirdischen Gewölbe geschleppt - tobend, schreiend, winselnd. Jahrelang hatte er sich durch geschickte Benutzung der Vokabel "strukturalistisch" über Wasser gehalten. Urplötzlich war dieses Wort schiere Ketzerei.

Der Weg zur Wahrheit ist lang und unüberschaubar. Was mit den geläuterten Dichtungen jenseits meines Raumes geschieht, entzieht sich meiner genauen Kenntnis. Die Manuskripte der Dichter jedoch, das weiß ich sicher, verschwinden in den Magazinen der Einmal Gelesenen Dichtungen. Noch nie habe ich erlebt, dass irgendjemand nach ihnen verlangt hätte. Im übrigen bin ich auf Gerüchte angewiesen, die besagen, dass die Berichte der unteren Stellen, und zwar jeweils zwölf, höheren Orts zu so genannten "Gruppierungen" zusammengefasst und umgeschrieben werden, dass zwölf Gruppierungen eine "Tendenz" ergeben. In dem fortwährenden Prozess der Konzentration und Vergeistigung vereinigen sich zwölf Tendenzen zu einer "Strömung". Das aber geschieht in den Inneren Zirkeln, wo die Hohenpriester des Wortes walten.

Krachend fährt das Fallbrett der Luke neben meinem Raum in die Höhe, und mit Rumpeln und Gepolter fallen die neu geschriebenen Bücher der Großen Universität in die bereitstehenden Karren. Die Peitsche knallt, und der Kutscher fährt die Last in eine der Städte, wo sie auf Büchereien und zum kleineren Teil auf Buchläden verteilt wird. Das meiste wandert sofort ungelesen in die Keller und Lagerhallen. Manchmal nimmt einer der Kritiker eines der Bücher in die Hand, begnügt sich jedoch mit einem Blick auf Autor und Titel. Die Bedeutung eines Namens bemisst er nach Pfunden, die er mit kundiger Hand abschätzt.

Das gemeine Volk in seiner Rohheit kümmert sich um nichts. Sieht man von dem ständigen Herbeikarren der Bücher ab, nimmt die Bevölkerung das Wirken der Großen Universität kaum wahr. Nur manchmal gibt es Aufsehen, wenn ihre Herolde in die Stadt kommen, in schwarzen und violetten Talaren, und mit donnernden Hammerschlägen Thesen an den Portalen anbringen, die sie zudem mit lauten Worten verkünden. Nicht selten sieht man diese glänzenden Gestalten in einem wilden Handgemenge. Die Hand des einen umklammert die Gurgel des anderen, und man hört sie wüste Beschimpfungen ausstoßen, welche die Kritiker begeistert mit ihren Rätschen begleiten. Nur bei solchen spektakulären Auftritten dringt etwas von den heftigen Fehden nach außen, die innerhalb der Großen Universität ständig ausgefochten werden. Die mächtigen Dekane des Inneren Zirkels haben blind ergebene Jünger um sich geschart und bekriegen einander mit unerbittlicher Grausamkeit.

Jenseits dieses Ringes aber, so geht die Kunde, werde es stiller und stiller. Der Glanz der Wahrheit schwebe schon sichtbar über den Großen Alten, die sich vornehmlich den verschollenen oder den nie geschriebenen Dichtungen widmen und sie mit immer neuen Worten deuten.

Ein plötzliches Heulen und Toben lässt mich an das schießschartenähnliche Fenster treten. Ein abgerissener, ausgemergelter Mensch hat die Faust zum Himmel gereckt und schreit: "Es gibt keinen Oblatskij! Es hat nie einen Oblatskij gegeben!" Und mit diesen Worten rennt er gegen die Mauer - er wird sich den Schädel zerschmettert haben, wie so viele der Dichter. Es dürfte einer der Unseligen gewesen sein, die aller Warnungen zum Trotz Deutungen ihrer eigenen Schriften gelesen haben. Wie wollen sie auch den gewundenen Weg zur Wahrheit begreifen!

Während wir Sklaven und Zuträger der untersten Ränge die eingelieferten Dichtungen läutern, vergeistigen und abstrahieren, können die Großen Alten, die der Wahrheit ja so nahe sind, ganz bestimmte, überraschend konkrete Aussagen machen. Aufgrund der vielen gefilterten und komprimierten Berichte kommen sie etwa durch scharfsinnige Schlussfolgerungen zu der verblüffenden Einsicht, dass Oblatskij hinkt. Ob ein hinkender Oblatskij in dem gedeuteten Werk überhaupt vorkommt, was man theoretisch im Magazin der Einmal Gelesenen Dichtungen nachprüfen könnte, ist für die Wahrheitsfindung unerheblich. Der Stein, der ins Wasser geworfen wird, versinkt im Schlamm. Die Ringe auf der Oberfläche aber erreichen das ferne Ufer. Wie will der Stein das Ufer begreifen?

Wenn sich alles bewegt, wenn alles fließt, dann kann die Wahrheit nicht im einmal Festgelegten eingeschlossen bleiben - so lehrt der Gewaltige Hüter des Wortes, an dessen Existenz im unendlich entfernten Zentrum der Großen Universität wir glauben. Alle Worte haben nur einen Sinn: sich zu bewegen, sich gegenseitig auszulöschen, ewig zu kreisen um das Wortlose, die Erhabene Leere.

Nur eine Unsterblichkeit kann es geben: selbst zum Wort zu werden, einzutauchen in den Strom der Veränderung, der Läuterung, um schließlich im Wortlosen zu erlöschen. Ein Sklave bin ich bloß, ein verachteter Schreiber am Rande der Großen Universität, dessen Verdammung beschlossene Sache gewesen ist von Anfang an. Und doch werde ich es sein, der sie alle hinter sich zurücklässt, auf dem Weg in die Unsterblichkeit. Welcher der Oberen ahnte von der List hinter der dumpfen Stirn, von der geheimen Waffe aller Sklaven?

Einen ungeheuren Betrug habe ich begangen: Immer und immer wieder habe ich in meinen Umschriften meinen wahren Namen eingeschmuggelt, den sie nicht kennen. Was ich ihnen bei meinem Eintritt in die Große Universität genannt hatte, stolz und überheblich, war nur mein Dichtername gewesen, mit dem ich sie zu beeindrucken trachtete. Welch guter Geist hatte mich damals dazu bewogen, mein wahres Ich nicht preiszugeben! Hundert-, ja tausendfach lebt nun mein Name in den Berichten, die tief in das Herz der Großen Universität eingedrungen sind.

Da stürzen sie herein, aus der Tür zum Inneren, die Schergen, die Bluthunde des Großen Ordens. Sie packen und schleppen mich mit sich. Noch einmal kann ich zum schmalen Fenster hinaussehen: In schwarzen und violetten Gewändern kommen die Herolde von der Stadt zurück, wie immer sich heftig beschimpfend. Was schreien sie? Welchen Namen nennen sie wieder und wieder? "Elias Eliasson!", höre ich wieder und wieder. ELIAS ELIASSON - das ist mein Name, mein wahrer Name! Es ist mir geglückt, ich habe sie überlistet! Schon bin ich also im Inneren Zirkel der mächtigen Dekane angelangt. Unaufhaltsam wird mein Weg weiterführen zu den Großen Alten. Und selbst den Gewaltigen Hüter des Wortes werde ich hinter mir zurücklassen, um einzutauchen in das gleißende Licht der Ewigen Wahrheit.

Sie reißen mich mit in die unteren Gewölbe, sie stoßen mich hinab. Mein Gelächter schrillt ihnen grell in den Ohren. Sie ahnen: Das ist nicht das Lachen des Irrsinns, das ist das Lachen des Letzten Triumphes.

Die Literatur und das Bier

Der Buchhändler N. hat mich auf ein Problem hingewiesen, das ohne sein Zutun nie in mein Bewusstsein getreten wäre. Früher, sagte N., habe er gerne dem Bier zugesprochen, dann aber sei er aus irgendwelchen Gründen des Getränkes überdrüssig geworden und habe aus freien Stücken drei Jahre lang darauf verzichtet. Als er nun aber anlässlich einer besonderen Geburtstagsfeier wieder einmal zum Glas gegriffen habe, sei für ihn diese Tat keineswegs mit Vorfreude verbunden gewesen. Unter großen Bedenken habe er zum ersten Schluck angesetzt, und tatsächlich, ein Genuss sei es nicht gewesen.

Wenn das nun bloß eine individuelle Problematik wäre, könnte man ja sagen: N., das Leben ist so reich, suche dir halt etwas anderes, rauche eine Zigarre oder lade dir einen geilen Song runter. Aber es geht ja um mehr. Die Akademien, die immer verzweifelt nach Preisfragen suchen, könnten zur Ergründung des Problems aufrufen: Fördert die Einnahme von Bier das Literaturverständnis, oder wirkt sie ihm entgegen? Vielleicht erschüttert ja ein neuer Rousseau mit seinen revolutionären Ansichten die Grundfesten unserer Gesellschaft. Ich allerdings muss mich ganz auf die Gestalt des Buchhändlers N. beschränken und offeriere meine Überlegungen als erste Annäherung an den Versuch einer Problemlösung.

Der Buchhändler N. hatte in früheren Zeiten, als er und das Bier noch ein Herz und eine Seele waren, keineswegs immer neben seiner Kasse ein gefülltes Glas stehen, das er mit jedem Geschäftsabschluss schluckweise leerte. Nein, das Bier durfte zu Geschäftszeiten die Schwelle seines Buchladens nicht überschreiten. Auch Lesungen befreundeter Literaten im Untergeschoss mussten in heiliger Nüchternheit zelebriert werden. Der

Geist sollte nur durch das Wort in Wallung geraten, nicht aber durch das Bier.

Hinterhher jedoch pflegte sich der Buchhändler N. mit seinen Freunden in eine um die Ecke gelegene Kneipe zu begeben, wo ihm die darauf geeichte und abgerichtete Bedienung ein Glas Bier nach dem anderen vorsetzte. Fern seiner Bücher verstand sich der Buchhändler N. darauf, aus einer vogelhaften, ja olympisch-überlegenen Perspektive die Bedeutung von etlichen, ihm besonders lieben Poeten mit beschwingten, feurigen Worten nachdrücklich vor Augen zu führen.

Getragen von den Flügeln des Bieres flog er ohne Mühe über die Untiefen hinweg, die sich natürlich in jedem Oeuvre finden. Wie verzaubert klammerten sich seine Zuhörer an seine Rockschöße und vergaßen ihre kleinlichen Bedenken. Wenn der Buchhändler N. eine seiner leidenschaftlich vorgetragenen Strophen beendet hatte, hoben alle die Gläser und ließen ihn hochleben, den Marcel oder den Robert oder den Bert.

Nach der letzten Lesung in seinem Buchladen jedoch, die ich miterlebte, strebte der Buchhändler N., obwohl alles bestens geglückt war – eine Zuhörerin hatte sogar zu weinen begonnen –, nach Hause, ins Bett. Kein Bier, keine dionysische Begeisterung.

Wiewohl mich keine Akademie danach gefragt hat, wage ich dennoch eine erste These: Das Bier in Bierzelten und Bierschwemmen fördert das Literaturverständnis in keiner Weise. Im Kopf des Fein- und Schöngeistes dagegen entfaltet die Literatur ihre ganze schillernde Pracht erst nach Einflößung eines oder mehrerer Biere. So bleibt zu hoffen, dass der Buchhändler N. und das Bier wieder zueinander finden.

Das Hohelied auf einen Verleger

Ein tüchtiger Verleger
verlegte ein Gedicht
von Wind und Sand und Möwen
und Sommersonnenlicht.

Der Drucker wollt' es drucken -
verlegt war das Gedicht
und Wind und Sand und Möwen
fand der Verleger nicht.

Da war man nicht verlegen,
man druckte das Gedicht
auch ohne Wind und Möwen
und ohne Sommerlicht.

Es war ein bisschen duster
und Vögel gab es nicht.
Doch sonst war es so ziemlich
dem Dichter sein Gedicht.

Ein Leben ohne Bücher
kann ich mir gar nicht
vorstellen.

Echt?

Verheiratet, zwei Kinder

Seien Sie froh, dass Sie keine Bücher rezensieren müssen. Der Rezensent steht nämlich vor zwei heiklen Aufgaben: 1. Er muss das Buch lesen. 2. Er muss das Buch würdigen. Zumindest um die zweite Aufgabe kommt er nicht herum.

Nehmen wir einmal an, dass er sogar die erste bewältigt hat. Dem Rezensenten steht also klar vor Augen, worum es in dem Roman des vielversprechenden, fast schon genialen Newcomers geht. Ein Wahnsinniger bringt Vater und Mutter um, flüchtet, von der Polizei unerkannt, in ein Kloster, wird von Schuldgefühlen geplagt und von einer Journalistin aufgespürt, die ihn ins Bett lockt. Dann stellt sich einerseits heraus, dass die Frau seine bis dato ihm unbekannte Halbschwester ist, andererseits aber auch, dass er es nur mit Adoptiveltern zu tun hatte. Damit kann man leben, und der Roman klingt mit einem sehr zarten, zerbrechlichen Happy-End aus.

Was soll da der Rezensent viel deuten? Das ist ein Stück Leben, packend erzählt. Zum Glück helfen die vom Verlag freundlicherweise mitgegebenen Informationen weiter. So erfährt man über den Autor: „Verheiratet, zwei Kinder."

Hoppla, nun stellt sich die Sache ganz anders dar. Der Autor hat zweifellos aus dem Nähkästchen geplaudert. Mein Gott, wie muss es in seinem Haus zugehen! Ein Sodom und Gomorrha, in Amerika natürlich. Nun dürfte der Autor, da er ja das Buch geschrieben hat, entgegen der literarischen Version noch am Leben sein. Man muss also, schließt der Rezensent messerscharf, ein paar Abstriche machen, wenn man den Wahrheitsgehalt des Romans herausfiltern will. Wahrscheinlich kommt der Bub des verheirateten Autors auf der High School nicht mit und bereitet seinen Eltern Kummer, während die Tochter bei der Lokalzeitung volontiert, mit ihren frechen Artikeln die heiligsten Werte der älteren Generation in den Schmutz zieht und rebellischerweise ein eigenes Apppartement gemietet hat.

Das ist ja wirklich nichts Weltbewegendes. Aber was hat der Autor daraus gemacht! So schreibt der Rezensent aus tiefer Überzeugung: „So karg und konzentriert, so zielgerichtet diese Prosa ist, so leidenschaftlich und vehement präsentiert sie sich. A. hat der amerikanischen Literatur eine neue Dimension eröffnet."

Eine solche Aussage ist aber nur möglich gewesen, weil uns der Verlag einen wesentlichen Einblick in das Leben seines Autors gewährt hat: Verheiratet, zwei Kinder…

Einen großen Roman schreiben

Trotz kleinerer literarischer Erfolge – wie der Veröffentlichung von Texten in bedeutenden Zeitungen – wollte sich bei mir der große Erfolg, der dichterische Durchbruch nicht einstellen. Für die Kritiker und das gebildete Publikum war ich, wie ich mich auch in die Sielen legte, ein Nobody geblieben. Woran das liegen mochte? Ich analysierte Erfolgsgeschichten und fand heraus: Man musste einen Sonettenzyklus oder besser noch einen Roman vorweisen. Ich fand ferner heraus, dass der Genius loci eine Rolle spielte, denn Bedeutendes war zum Beispiel in Hotels geschrieben worden, man erinnere sich nur an Maupassant, Hemingway oder Henry Miller. So traf ich eine folgenschwere Entscheidung: Ich wollte in einem bedeutenden Hotel etwas Bedeutendes schreiben.

Damit war auch gleich klar, dass ich meine Heimatstadt verlassen musste, denn in ihren Hotels kann nur Unbedeutendes entstehen, das sieht man schon von vornherein, nämlich von außen. Nach gründlichem Prospektstudium entschied ich mich für ein Grand Hôtel de Luxe im Süden der Schweiz. Es lag zauberhaft am See, bot zwischen seinen vier Gebäuden eine märchenhafte Gartenlandschaft, in der – und das gab den Ausschlag – die marmornen Statuen der neun Musen standen. Die Fotos strahlten eine himmlische Ruhe aus, zugleich spürte ich beim bloßen Betrachten der Szenerie einen herrlichen Schaffensdrang. Ja, hier schien alles möglich zu sein. Siebenmalsieben Sonette oder eine umfangreiche Novelle wäre das Mindeste, was ich in sieben Tagen zustande brächte. Sieben Tage sollte der Aufenthalt währen in Nachahmung anderer erfolgreicher Schöpfungen. Mehr konnte ich mir aber auch gar nicht leisten, denn in diesem Luxushotel war es sündhaft teuer.

Ich traf ein, und es war genauso wie auf den Bildern. Man führte mich in mein Zimmer: paradiesisch! Ein Marmorbad, ein Himmelbett mit Baldachin, ein kleiner Schreibtisch, darauf in einem Halter ein Kuli mit Gänsefeder. Ich nahm ein paar Bogen Papier aus dem Koffer, ohne den Rest auszupacken, und wollte gleich anfangen zu dichten. Ich fühlte mich wie in einem poetischen Kraftfeld. Ein Beobachter hätte vielleicht gesehen, wie die Blitze der Imagination nur so aus meinen Ohren zuckten.

Das Fenster ging auf den herrlichen Garten hinaus, an dessen Rand sich allerdings der Swimmingpool befand. Um den Pool herum lagen in ihren Liegestühlen sich sonnende Hotelgäste wie abgestochen und rührten sich nicht. Dieser Anblick hätte zwar meinen Schaffensdrang nicht gehemmt – vielleicht hätte ich ein paar hübsche Verse über Schattenexistenzen im Hades geschrieben. Aber im Wasser war ein Dutzend Kinder durchaus am Leben, und wie! Sie quiekten so durchdringend, als fürchteten sie, auch bald abgestochen zu werden. Kurz, meiner Dichtkunst förderlich war weder, was ich sah, noch was ich hörte. Ich schloss die Balkontür wieder. Vergebens. Ein lähmender Hauch war von der Unterwelt in mein Zimmer gedrungen, und das nervtötende Quieken konnte ich, nachdem ich einmal darauf aufmerksam geworden war, nicht mehr überhören.

Nun, es gab ja noch die Lounge. In der Lounge – oder im Tea-Room – sind bekanntlich die zauberhaftesten Dichtungen entstanden. Hier fand ich in der Tat das ideale Ambiente: bequeme Sessel und zwei hohe Bücherschränke, in denen neben recht seichter Lektüre auch Werke der Weltliteratur standen, Dantes „Göttliche Komödie" etwa und der „Ulysses" von Joyce. Hier musste es doch glücken. Ich öffnete meinen schwarzen Band mit den leeren Blättern, griff zum Stift, lauschte in den Raum hinein, was mir die Musen zuflüstern würden – da kam eine Dame herein, setzte sich ans Klavier und begann zu spielen. Die Melodien perlten recht gefällig, aber meine Inspiration verflüchtigte sich, noch ehe sie dagewesen war.

Zum Glück hatten mittlerweile die tobenden Kinder den Swimmingpool verlassen. Da wäre jetzt mein Zimmer der geeignete Ort zum Dichten. Und in der Tat, es lief wie geschmiert: Ich schaffte die ersten beiden Sätze meines großen Romans! Dann aber donnerte von nebenan der Fernseher (jedes Zimmer war natürlich mit einem solchen segensreichen Gerät ausgestattet), und darüber hörte ich sehr deutlich eine Frauenstimme: „Wo drückt man laut und leise, Mausilein?" Entweder wusste Mausilein auch nicht so genau Bescheid oder der so Angesprochene gab keine präzisen Anweisungen. Jedenfalls dauerte es seine Zeit, bis sich das Donnern zu einem Grummeln mäßigte. Ein Grummeln aber blieb es, und dagegen konnte sich das Flüstern der Musen einfach nicht durchsetzen.

Lassen Sie mich die Geschichte abkürzen. Auch in der Bar konnte man keinen klaren Gedanken fassen, denn dort wurde ein Balzritual abgewickelt, an dem zwei sportive Herren mit oben aufgeknöpften weißen Hemden und Goldkettchen um den Hals und eine braungebrannte Dame mit feurigen Augen beteiligt waren. Beim Dinner rannten die stimmgewaltigen Kinder von vorhin zwischen den Tischen hin und her, und überdies schmetterte ein Opernsänger zur Unterhaltung der speisenden Gäste kleine Arien und Lieder. Allerdings habe ich noch nie gehört, dass bei einem guten Essen gedichtet worden ist. Lebensgenuss und Literatur scheinen einander auszuschließen. Auch nach der Rückkehr in mein Zimmer fand ich nicht die ersehnte Ruhe, denn neben, über und unter mir wurde ferngesehen. Alle sahen dasselbe. Es gab einen spannenden Film mit fürchterlichen Stürmen und peitschenden Schüssen, der erst um Mitternacht zu Ende war.

Nach drei Tagen fuhr ich entnervt nach Hause. Aus meinem großen Roman ist also wieder nichts geworden, wenn man von den beiden ersten starken Sätzen absieht. Es lag nicht an mir, es lag an den Umständen. Vielleicht ist es auch gut so, denn bei den meisten zeitgenössischen Romanen, die ich zu lesen versuche, habe ich den Eindruck, dass sie den widrigsten, widerlichsten Umständen abgerungen worden sind. Die Umstände haben gewissermaßen mitgeschrieben, und dementsprechend beschwerlich ist die Lektüre.

Deshalb möchte an dieser Stelle all den Dichtern danken, die uns ihren großen Roman vorenthalten haben. Ich bin sicher, verehrter Leser, dass Sie aus diesem Grund auch mir dankbar sind.

Literaturkäse

Ist man irgendwo eingeladen, gehört es sich, dass man eine kleine Aufmerksamkeit mitbringt. Leider machen es sich viele sehr leicht: Der Gastgeber erhält eine Flasche Wein, die Gastgeberin einen Blumenstrauß. Das ist formal in Ordnung, jedoch nicht sehr originell. Auch wenn die Gastgeber höflich danken, sind sie doch eigentlich enttäuscht. Dabei ist es gar nicht so schwer, einem Geschenk einen besondere Note zu verleihen.

Ich war zu einem Dichtertreffen in Stuttgart eingeladen. Die Sache würde in einem großen Garten mit hohen, alten Bäumen stattfinden. Tiefsinnige, aber auch heitere Gespräche waren zu erwarten, und mit geistigen Getränken und vielfältigen kulinarischen Genüssen auf einem üppigen Büffett sollte ein solide materielle Basis für prachtvolle denkerische Aufschwünge geschaffen werden.

Spielregel war: den eigenen Kopf, aber auch etwas zu essen mitzubringen. Ich entschied mich für ein großes Stück Käse. Aber natürlich wollte ich nicht ganz prosaisch mit dem Batzen in der Hand aufkreuzen, das Gastgeschenk musste unbedingt einen interessanten literarischen Pfiff erhalten. Als Biberacher verfügte ich über ein sehr passendes Packmaterial, nämlich das großformatige Programmheft der 10. Baden-Württembergischen Literaturtage, die in diesem Jahr in Biberach stattfanden. Auf dem Mantelblatt standen die Wörter „Literatur" und „literarisch", das Bild einer Schreibfeder an einem angeknabberten Bleistift hob sich ausdrucksstark von dem zartblauen Untergrund ab, vor allem aber waren Dutzende von fotografischen Dichterporträts zu sehen. Einigen dieser Dichter würde ich an diesem Abend sicherlich leibhaftig begegnen.

Sagen Sie selbst: War ein solches Einwickelpapier nicht von

hohem Reiz? Wer sich hier über die Verschwendung von kostbarem Kulturgut aufregen will, dem sei gesagt, dass die Programme in Biberach zu Hunderten herumlagen. Nicht jedes Exemplar würde einem so angemessenen Zweck dienen, da bin ich mir sicher.

Befriedigt, ja stolz fuhr ich mit meinem Literaturkäse los. Und geriet gleich hinter Ulm in einen Stau auf der Autobahn. Nach einer Stunde schleichenden Wartens musste ich mich der niederschmetternden Einsicht beugen, dass das Dichtertreffen ohne mich zu Ende gehen würde. Ich kehrte um und fuhr unverrichteter Dinge wieder nach Hause.

Traurig nahm ich meinen Literaturkäse aus dem Kofferraum. Traurig schenkte ich mir ein Gläslein Wein ein und schnitt ein Stückchen Käse ab, um mit diesem Akt meiner Dichterkollegen zu gedenken. Aber was soll ich sagen? Während seiner Fahrt war der Käse in seinem kultivierten Einwickelpapier auf subtile Art gereift. Sowie ich ein Stück in den Mund schob und daran knabberte, stiegen in mir die schönsten dichterischen Visionen auf.

Ja mehr noch: Auch das literarische Einwickelpapier, das jetzt zweifellos etwas nach Käse duftete, hatte dazugewonnen. Der luftige poetische Geist, der sich oft gar zu schnell verflüchtigt und ein Vakuum im Kopf zurücklässt, war nun fest verankert in der Mutter Erde mit ihren tausend Gerüchen.

Alles in allem lässt sich also der Schluss ziehen: Literatur und Käse sind in geheimnisvoller Weise miteinander verwandt. Das wird manche überraschen, andere wiederum nicht.

Sitzen unerwünscht

Es wird niemandem entgangen sein, dass in den letzten Jahren die Sitzgelegenheiten in den Buchhandlungen drastisch reduziert worden sind. Manchmal hat die Reduktion sogar die Marke Null erreicht, das heißt, der Kunde könnte allenfalls auf dem Fußboden Platz nehmen. Zwar gibt es noch sehr schöne, gepolsterte Drehsesselchen, doch die sind dem Personal vorbehalten, und sollte sich ein dreister Kunde daraufsetzen, wird ihm innerhalb von zehn Sekunden bedeutet, den Sitz zu räumen. An dieser Stelle müsse jetzt unbedingt der Computer bedient werden, wir bitten um Verständnis.

Natürlich haben wir Verständnis, denn das so genannte Kundensitzen in der Buchhandlung ist eine Unsitte, die entschieden bekämpft werden muss. Wer als Kunde in der Buchhandlung sitzt, benimmt sich so flegelhaft wie einer, der mit offenem Mund isst, pfui Teufel! Einem Kind mag man einen solchen Fauxpas noch nachsehen, der zivilisierte Erwachsene aber sollte auch in der Buchhandlung so lesen wie zu Hause. Es ist doch eine Selbstverständlichkeit, dass man dort nur im Stehen liest, also in der Küche neben dem Kartoffelschälen, im Schlafzimmer beim Lüften und, wenn es partout länger dauern muss, in der Garderobe neben dem Kleiderständer. Ein Mensch mit Manieren setzt sich nur hin, wenn er isst oder fernsieht.

Warum heutzutage das Lesen von Büchern mit dem Stehen zu verbinden ist, sollte doch jedem Verständigen klar sein. Das Lesen passt einfach nicht in unsere Zeit. Das Lesen als solches ist eine Unding, das bestraft werden muss. Beim stehenden Lesen in der Buchhandlung spürt der eine Beschwerden im Kreuz, der andere gerät in Atemnot, und der dritte wird in unangenehmer Weise daran erinnert, dass er Plattfüße hat.

Unter diesen Umständen schaut sich der Kunde kurz das Cover des Buches an, blättert ein wenig auf der Suche nach pikanten Stellen, hält das Ding unter die Nase, um zu prüfen, ob es einen angenehmen oder zumindest neutralen Geruch verströmt, und geht dann zur Kasse, um den leidigen Vorgang zu einem schnellen Abschluss zu bringen. So muss es sein, der Buchhändler sieht es mit Wohlgefallen.

Leider gibt es einige wenige Buchhändler, die die Zeichen der Zeit nicht zur Kenntnis nehmen wollen. Der Buchhändler N. etwa, der landesweit als exzentrisches Fossil bekannt und berüchtigt ist, kann sich einfach nicht von einem alten, gemütlichen Ledersessel in seinem Buchladen trennen. Und was geschieht? Die Kunden lümmeln sich darin und lesen den kompletten Robert Walser, Marcel Proust oder Arno Schmidt durch – ohne zu kaufen! Mensch N.!, möchte man ausrufen. Schmeiß endlich den Sessel raus! Du siehst doch, dass aus dem altmodischen Bücherlesen nichts Gutes erwächst!

Sitzen unerwünscht

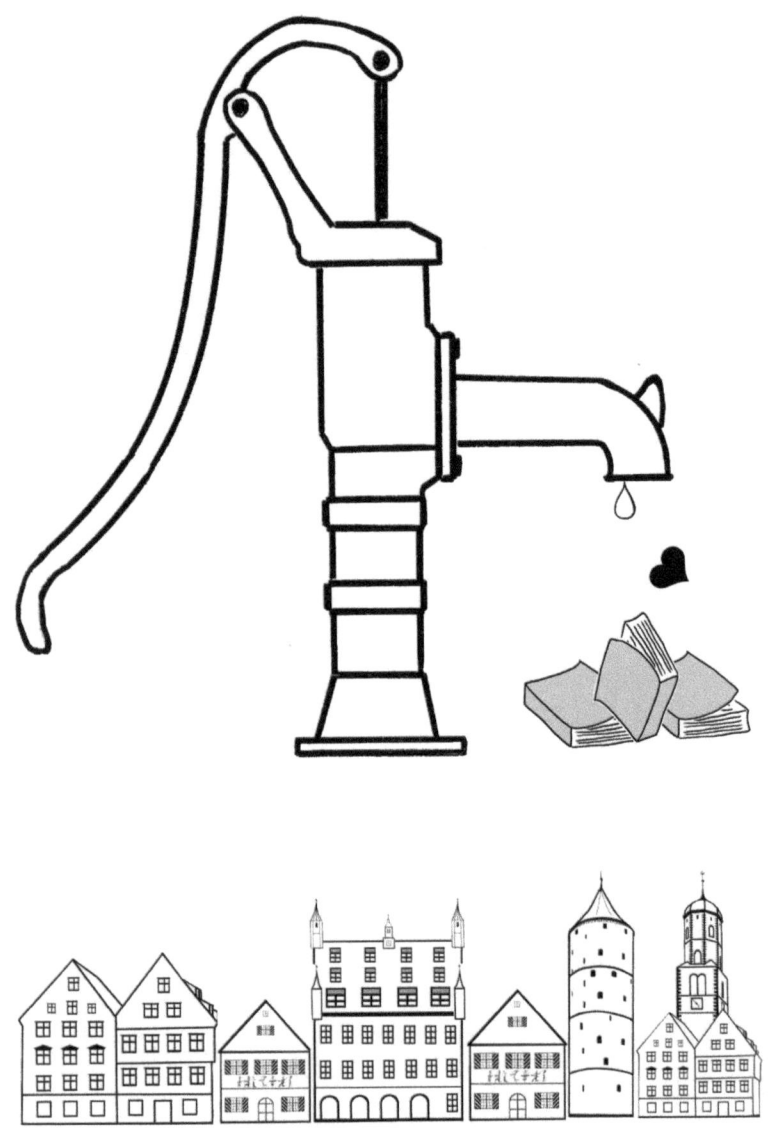

Die tiefen Brunnen der Provinz

Wir in der Provinz sind im Allgemeinen kulturell verängstigt. Mit Staunen und Ehrfurcht vernehmen wir, was sich geistig in den Metropolen tut, also in New York, London, Paris und Stuttgart. Dort sprühen die Funken, und wir sind froh, wenn uns aus der Ferne ein Fünklein erreicht, das unsere ländliche Dunkelheit ein wenig erhellt.

Aber manchmal läuft es auch anders. Manchmal – alle zwei- oder dreihundert Jahre – wird ausgerechnet in der Provinz etwas geboren, was das gleißende Babylon, das hochmütige Ninive verblüfft und erschüttert. Ich will nicht länger darum herumreden. Wir auf dem platten Lande haben in einer Zeit des galoppierenden Analphabetismus die Kunst, die Wohltat, den Segen des Lesens neu für uns entdeckt. Gemeint ist nicht das Lesen in der U-Bahn, im Kaffeehaus oder in der Stube, also nicht das stumme Dasitzen eines isolierten Individuums, sondern das Vorlesen in geselliger Runde, im Garten, im Salon oder im Mehrzweckraum des Gemeindehauses.

Wie es dazu gekommen ist, warum gerade bei uns die Lust des Vorlesens an allen Ecken und Enden aufflammte, bleibt eine rätselhafte Sache. Wahrscheinlich fing es in der Volkshochschule in B. an, im Kurs „Lyrik für jedermann".

Die Einrichtung hatte es zwar schon seit Jahren gegeben, die Leute waren es also gewohnt, einander selbstverfasste Gedichte vorzulesen, aber die Flut brach erst los, als sich eines Abends jemand das Herz fasste und öffentlich beim Anhören eines Gedichtes weinte. Seitdem gibt es kein Halten mehr. Über all hocken die Leutchen, und einer liest dem anderen laut vor.

Natürlich hat man so etwas schon früher praktiziert, vor zweihundert und mehr Jahren. Mit zunehmender Nüchternheit geriet allerdings die innige Herzlichkeit solcher Lesezirkel in Verruf. Newton, Darwin, Einstein – wer in solchen Kategorien denkt, kann nicht im Kreise sitzen und sich durch säuselnde Poesie in Rührung bringen. Aber, bei Gott, mit unserer Coolness ist uns auch allerlei verloren gegangen. Und nun beginnen ausgerechnet in der Provinz die tiefen Brunnen des Gemüts schönstes Tränenwasser zu spenden.

Es sind aber auch besorgte Stimmen laut geworden: Ob daraus nicht eine Epidemie entstehen könne? Würden nicht bald große Teile der Bevölkerung mit rotgeweinten Augen in Lesezirkeln sitzen, wo es doch gerade jetzt darauf ankomme, wie der Kanzler betont habe, sich die Ärmel hochzukrempeln und zur Tat zu schreiten?

Doch auch für dieses Problem haben wir in der Provinz eine Lösung gefunden. In einigen Lesezirkeln sind nämlich Werke der neuesten deutschen Literatur, welche die professionellen Kritiker nach eigenen Worten in rasende Entzückung versetzt hatten, zum Vortrag gekommen. Unseres Wissens hat das kein einziger Zirkel überlebt.

Die Staats-Kultur-Misterin

Es gibt sie zweifellos, die Staats-Kultur-Misterin, denn in den Medien ist von ihr die Rede, ihr Konterfei ist zu bewundern, ihre Worte werden zitiert – aber Hand aufs Herz, wissen Sie, was diese Persönlichkeit macht? Aus den feierlichen Auftritten und tiefsinnigen Äußerungen wird man nicht recht schlau.

Deshalb wollen wir Sie hier ins Bild setzen, damit Sie fortan das Wirken der Kultur-Misterin zu würdigen wissen. Wie der Name schon sagt, beschäftigt sich die Persönlichkeit mit Kulturmist. Aha, werden Sie sagen, jetzt sind wir auf sicherem Boden. Was Kulturmist ist, weiß jeder, denn davon sind wir ja reichlich umgeben. Wohin man schaut, überall durchdringen sich Kultur und Mist aufs Intensivste und Innigste, da muss man nicht viel erklären, oder?

Nun könnte man diesen Tatbestand als quasi naturgegeben und gottgewollt hinnehmen und damit irgendwie leben. Doch wäre das, von einem höheren Standpunkt aus betrachtet, naiv und darf nicht der Endpunkt der menschlichen Entwicklung sein. Es gibt nämlich – spitzen Sie die Ohren – schlechten und guten Kulturmist. Was schlechter Kulturmist ist, das wissen wir alle, das ist einfach Mist. Philosophisch und gelehrt ausgedrückt: Mist ist Mist ist Mist.

Nun gibt es aber einen höherstehenden Kulturmist, der irgendwie anders und qualitativ wertvoll ist. Mehr kann man darüber eigentlich nicht sagen, denn die Ansichten sind sehr unterschiedlich. Was für den einen schlechter Kulturmist ist, hält der andere für hohes Kulturgut. Wie soll man da auf einen gemeinsamen Nenner kommen? Ein solches Bestreben scheint aussichtslos zu sein.

In diesem Dilemma betritt nun, wie eine Dea ex Machina, die

Staats-Kultur-Misterin die Arena. Sie ist willens, die Böcke von den Schafen zu trennen, also den schlechten Kulturmist von dem guten zu scheiden, sodass wir eine verlässliche Orientierung haben und nicht unversehens wie rechte Banausen dastehen.

Das ist doch eine gute Sache, oder nicht? Wir sind ja immerhin ein altes Kulturvolk, ein Volk der Dichter und Denker und nicht ein Volk der Deppen und Dösköppe. Leider gibt es jedoch bei dieser staatlich verordneten Wegweisung einen Haken: Die Staats-Kultur-Misterin weiß eigentlich auch nicht, was guter und was schlechter Kulturmist ist. Das kann man ihr bei Gott nicht übelnehmen, denn bis vor kurzem war sie in ganz anderen Bereichen tätig und in Kulturmistfragen so unwissend wie jeder von uns.

So sah es zunächst ganz so aus, als würde die neue Staats-Kultur-Misterin beim Ausmisten dieses Augiasstalls genauso scheitern wie ihre Vorgänger. Aber diesmal kam es anders, und damit sind wir bei der eigentlichen Geschichte angelangt, die die zarte Verheißung einer endgültigen Problemlösung in Aussicht stellt.

Die Staatsmisterin nahm ihre Aufgabe ernst und sprach, da sie vor Olims Zeiten das kleine Latinum geschafft hatte, die geflügelten Worte: Ad fontes! Das sollte bedeuten, dass sie sich in persona vor Ort, also bei den Kulturträgern, ein Bild von der Kalamität machen wollte.

Ihre Beiträger und verdeckten Ermittler hatten herausgefunden, dass der Dichter S. am Bodensee eine erstklassige Autorität darstellte, die schon von der Wiege an Kultur mit Löffeln gefressen hatte. Von diesem S., sagte sich die Kulturmisterin, müsste doch zu erfahren sein, wie mit dem leidigen Ding umzugehen sei.

Wir ersparen uns hier die Darstellung, wie der Besuch bei S. unter dem Sicherheitsaspekt und mit großer Umständlichkeit vorbereitet wurde, wie also Straßen abgesperrt, Gullys auf Sprengladungen untersucht und Polizeitrupps aus dem ganzen Bundesgebiet herbeigeschafft und in der näheren Umgebung postiert wurden, unter der Vorspiegelung völliger Unauffälligkeit natürlich.

Konzentrieren wollen wir uns hier auf die Kernszene: Wie die Kulturmisterin dem Dichter S. in seiner Wohnung gegenüber saß und fasziniert seinen Ausführungen lauschte. S. erkannte mit sicherem Blick, was der Obersten Ausmisterin weiterhelfen konnte. Man musste ihr einen konkreten Hinweis geben, was guter Kulturmist ist. Als ordnungsliebender Mensch hatte S. sein literarisches Kulturgut im Regal alphabetisch geordnet. Wie Moses (einer seiner Lieblingsautoren) deutete er mit souveräner Geste auf die Sektion B und nannte die herrlichen Namen: Born, Bove, Brambach, Brautigan, Brecht, Brinkmann und Bukowski. Das sei guter Kulturmist, an dem man ablesen könne, was gut sei.

Von diesen Dichtern hatte die Kulturmisterin noch nie gehört, was man ihr jedoch nicht ankreiden kann, denn sie kommt ja aus einer ganz anderen Ecke. Eilig schrieb sie sich die Namen auf einem Zettelchen auf, das sie aus ihrem Handtäschchen hervorgekramt hatte. Nicht alles war richtig, Bamberg stand da und Precht, aber sind das ja nur Petitessen, entscheidend war doch das Erweckungserlebnis, oder nicht?

Ja, jetzt wusste sie Bescheid, sie erhob sich und streckte ihre beringte Hand dem Dichter S. zum zeremoniellen Abschiedskuss hin – da machte dieser ein schlaues Gesicht und sagte, er habe da noch etwas Besonderes in petto. Etwas Besonderes? Warum nicht? Die Kulturmisterin setzte sich wieder hin und harrte der Dinge.

Zu ihrer Überraschung kniete der Dichter S. vor seinem Bett nieder und zog einen Schuhkarton hervor. Er öffnete ihn und sagte, hier sei das Non-plus-ultra für die Wahrheitsfindung, der Karton enthalte nämlich diverse Büchlein des Dichters B., der zwar weitgehend unbekannt, aber nichtsdestoweniger bemerkenswert sei. Damit zog er eines der Büchlein hervor, schlug es auf und las ein paar Zeilen vor.

„Mein Gott!", rief die Kulturmisterin, „Unübertrefflich! Das ist der größte Mist, der mir je zu Ohren gekommen ist! Ein Steigerung ist schlechterdings nicht möglich!" Mehr wollte sie nicht wissen. Sie winkte dem Dichter S. noch einmal huldvoll zu, ließ sich von ihren Bodyguards zu ihrem Dienstfahrzeug geleiten und verschwand.

Seitdem ist alles klar. Zwar war das Zettelchen mit den edlen Namen irgendwie verloren gegangen und die Zeilen des Dichters B. hatte die Kulturmisterin längst vergessen, doch seit dieser Urerfahrung, als sie der Blitz der Erkenntnis durchfuhr, weiß sie Bescheid. Was guter und was schlechter Kulturmist ist, wird von ihr festgelegt. Par ordre de Mutti.

Faszination Literatur

Der Bildungsgedanke greift immer mehr um sich. Eine Lawine hatte seinerzeit Dietrich Schwanitz mit seinem Bestseller „Bildung. Alles was man wissen muss" losgetreten. Schmerzlich wurde uns bewusst, dass man eigentlich Goethe, Tolstoi, Proust und Shakespeare gelesen haben sollte, will man als einigermaßen zivilisiert gelten.

Apropos Shakespeare. Auch in England greift der Bildungsgedanke um sich. Da hat Daniel Dunkley, ein Brandstifter, vor Gericht selbst eine Haftstrafe für sich beantragt – damit er in aller Ruhe Shakespeare lesen kann! Der drogenabhängige Mann hatte seine Sozialwohnung in Peterborough in Brand gesteckt. Er kam in Untersuchungshaft und erhielt dort die Gelegenheit, Shakespeares „Macbeth" zu lesen. Das starke Stück von vor 500 Jahren riss ihn so mit, dass er gar nicht mehr an Drogen dachte. Pech war für ihn nur, dass die Gerichtsverhandlung anberaumt wurde, noch ehe er das Drama zu Ende gelesen hatte. Was tun? Dunkley gestand ohne viel Federlesen die Tat, sagte aber seiner Anwältin, sie solle keine Haftverschonung beantragen, damit er ungestört seinen Shakespeare zu Ende lesen könne. Die Anwältin gab bekannt: „Mein Mandant glaubt, dass die Haft einen besseren Menschen aus ihm machen wird."

Wie gesagt, der Bildungsgedanke greift um sich, und diese Entwicklung trägt bereits die schönsten Früchte. Ob allerdings ausgerechnet „Macbeth" die richtige Erbauungslektüre für einen Straftäter ist, muss offen bleiben. Immerhin war dieser Macbeth ein mehrfacher Mörder. Es bleibt zu hoffen, dass Dunkley im Verlauf seiner Shakespeare-Lektüre auch an die wesentlich friedlicheren Komödien seines großen englischen Landsmannes gerät.

Bildung im Knast

Zu unserer Entlastung

Ein Buch zu schreiben, ist etwas Herrliches. Man hat schon morgens beim Frühstück, noch vor dem Ei, eine glänzende Idee, die mit jedem Schluck Kaffee an Glanz und Tiefe gewinnt. In größter Eile schlingt man noch ein Marmeladebrot hinunter, dann aber geht es los. Man schreibt und schreibt, die Sonne steigt und sinkt, der Mond desgleichen. Widerwillig der Natur gehorchend, fällt man in einen kurzen Schlaf, wacht freudig erregt wieder auf und schreibt erneut, 200, 300 Seiten entstehen wie in einem Rausch. Man steckt das Manuskript in einen Umschlag und schickt es an einen Verlag.

Dort, stelle ich mir vor, kann man sich dem Zauber der Schrift nicht entziehen. Der Lektor liest, und das Feuer der Begeisterung schlägt ihm aus Ohren und Nüstern. Der Verleger liest und ist wie betäubt. In seiner Betäubung kann er sich zu nichts mehr aufraffen. Dieser Zustand dauert bei ihm im Allgemeinen drei bis zwölf Monate, dann erhält der Autor einen Brief: „Hochgeehrter Herr!"

Ja, so einen Brief bekam ich neulich auch. Alles war auf das Feinste und Zierlichste formuliert. Am Ende stand jedoch: „Zu unserer Entlastung schicken wir Ihnen Ihr Manuskript zurück."

O Gott! Was hatte ich da angerichtet! Diese liebenswerten Menschen hatten glücklich vor sich hingelebt, zufrieden wie die Molche, und plötzlich senkte sich eine schwere Last auf ihre zarten Seelen. Da lag auf dem Schreibtisch mein Manuskript, und so aufregend sein Inhalt auch war, dem Publikum konnte und wollte man es nicht zumuten.

Wie denn das, werden Sie fragen. Wird uns da nicht eine große Kostbarkeit vorenthalten? Ausdrücklich möchte ich hier die vielen Verleger in Schutz nehmen, die sich täglich entlasten müssen. Denn zweifellos ist es so, dass der Glanz des großen Buches einen verhängnisvollen Schatten auf die kleinen wirft. Nach Champagner schmeckt kein Moseltröpfchen mehr.

Deswegen achten die Verleger auf eine gesunde Mittellage, auf bekömmliche Mittelmäßigkeit. Nur ein Buch, das im Leser ein leichtes Unbehagen oder gar eine bohrende Unzufriedenheit zurücklässt, wird ihn zum nächsten Buch treiben.

Nachdem ich mir das klargemacht hatte, war ich froh, dass ich dem Verleger zu einer Entlastung verholfen hatte. Ich nahm das Manuskript und stopfte es in den Mülleimer – denn irgendwie hatte auch ich eine Entlastung nötig.

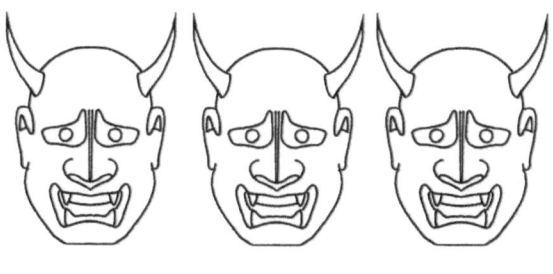

Der Ingeborg-Bachmann-Preis

Der Ingeborg-Bachmann-Preis

Wie es in der Hölle zugeht, bleibt uns Lebenden im Allgemeinen verborgen. Zwar gibt es schöne Darstellungen, etwa von Hieronymus Bosch, auf denen zu sehen ist, wie garstige Teufel die Verdammten zwicken und zwacken. Aber: Nichts Genaues weiß man nicht, dem Maler könnte auch einfach die Fantasie durchgegangen sein.

Eine Gewissheit allerdings gibt es, und zwar für den schreibenden Menschen mit literarischem Anspruch. Seine Hölle hat er alle Jahre wieder deutlich vor Augen, nämlich in Klagenfurt beim Ingeborg-Bachmann-Wettbewerb. Davon kann sich jeder Verkabelte ein noch genaueres Bild machen, denn die schrecklichen Ereignisse werden Jahr für Jahr live und in unerbittlicher Vollständigkeit auf dem Bildschirm gezeigt. Die Absicht der Fernsehgewaltigen ist klar: Den vielen Schreibenden hier und in den Alpenländern soll abschreckend vor Augen geführt werden, was ihnen blühen könnte, wenn sie ihrem Laster nicht abschwören.

Ganz so schlimm wie in früheren Jahren ist es zwar nicht mehr, denn der grässliche Beelzebub von einst, der seine Opfer mit ausgeklügelter Grausamkeit zwiebelte, ist nicht mehr dabei. Aber die gefräßige Runde der verbleibenden Ober- und Unterteufel ist grauenvoll genug. Da schleicht ein armes Opfer herein, kauert sich auf sein Armesünderstühlchen und liest stockend vor, was es im Kämmerlein in aller Unschuld und mit viel Herzblut zu Papier gebracht hat. Wir Fernsehzuschauer aber sehen das tückische Glitzern in den Augen seiner Peiniger, das Blecken der scharfen Zähne, das versteckte, hämische Grinsen. Nun hat die verlorene Seele ihr letztes Wörtlein gesprochen, wir möchten ein schnelles Amen hinterherschicken, um sie vor den Teufelskrallen zu schützen – vergebens. Das kleine, fromme Prosastück wird den Flammen rasender Kritik übergeben.

Findet aber nicht mancher Poet Gnade? Erhalten nicht ein paar junge Genies das teuflische Gütesiegel? Ja, ja, aber zu welchem Preis! Wer kann die abgrundtiefe Angst vergessen, vor laufenden Fernsehkameras als prätentiöser literarischer Depp entlarvt zu werden? Und entpuppt sich das vermeintliche Wohlwollen nicht als kalkulierte satanische Ranküne, wenn wenig später die gerade hochgelobten Werke umso gründlicher der Vergessenheit anheimfallen?

Schon wieder ist ein Jahr vergangen, Klagenfurt rückt näher – und das Grauen wächst.

Die Buchhändlerin T.

Die Buchhändlerin T. hat schon einen merkwürdigen Buchladen. Man geht die Straße entlang, da steht sie vor ihrem Schaufenster – und gießt Blumen in einer großen Bodenvase, die auf dem Pflaster platziert ist. Ja wie nun? Ist das hier ein Blumenladen, ein Buchladen oder ein Blumenbuchladen?

Keine Bange, die Buchhändlerin T. fühlt sich primär dem Buch verpflichtet, im Schaufenster sind Bücher ausgestellt, und die Regale im Inneren sind mit Büchern gefüllt. Allerdings steht auch hier und da ein unschuldiges, luftiges Sträußlein neben den strengen Quadern.

Das alles hat schon seine Richtigkeit, das Atmosphärische ist der Buchhändlerin T. wichtig. Da ist sie anders geartet als der Buchhändler N., der auf solche Accessoires verzichtet und mit seinem strengen Blick zu verstehen gibt, dass er sich dem Geist, dem Intellekt, der kritischen Wahrheitsuche verpflichtet fühlt.

Zu dem Blumengruß passt auch das freundliche Gesicht von T. Das ist nicht maskenhaft aufgesetzt, Freundlichkeit ist ihr Wesen, Höflichkeit ihr Grundbedürfnis. Ach, wenn es in der Welt nur überall so zuginge! Dann gäbe es erheblich weniger Konflikte.

Bei all dem muss man sich fragen, ob wir hier den Fall eines typisch weiblichen Buchladens haben. Die Frage wird dadurch beantwortet, dass man die Kundschaft in Augenschein nimmt. Es sind keineswegs nur Frauen, die sich mit Büchern über Emanzipation, Gendern und Gartengestaltung eindecken wollen. Zur Hälfte sind es Männer, und zwar keine Weicheier mit dem latenten Wunsch einer Geschlechtsumwandlung. Es sind Menschen, die ebenfalls das Atmosphärische, die Blumen, die

Höflichkeit, die Freundlichkeit zu schätzen wissen.

Der kleine Buchladen hat die Größe eines Wohnzimmers, in einer angenehmen L-Form unterteilt. Es ist klar, dass die Buchhändlerin T. quantitativ nicht mit den großen Geschäften der Buchhandelsketten mithalten kann. Bücherpyramiden, bei denen viele Exemplare ein- und desselben Buches in Brikettmanier gestapelt werden, damit auch der allergrößte Idiot die Bedeutung dieses Werkes erkennt, können bei ihr – Gott sei Dank – aus räumlicher Beschränktheit nicht errichtet werden.

Und um das Ganze noch auf die Spitze zu treiben, nimmt ein ausgewachsenes Sofa kostbare Quadratmeter weg. Ganz zu schweigen von etlichen, immer wieder ausgetauschten Grafiken, die sich an Buches Stelle breit machen und die man ebenfalls erwerben kann.

Summa summarum ist es also ein sehr eingeschränktes Angebot, das die Buchhändlerin T. machen kann. Doch sind bei ihr interessante Bücher zu entdecken, die es in den großen Buchhandlungen entweder gar nicht gibt oder die in der Fülle einfach untergehen und nicht bemerkt werden. Und da bei ihr die Bücher nicht ein für alle Mal an einer Stelle festgeklebt oder festgenagelt sind, sondern offensichtlich immer wieder neu arrangiert werden, kann der Besucher immer mit einer Überraschung rechnen.

Wenn all die Besonderheiten, die hier aufgezählt wurden, einen „weiblichen" Buchladen ausmachen, so suche ich ihn gerne auf. Mit Recht heißt er dann: d i e Buchhandlung.

Über das Verschwinden

Nikolaj Ivanovic Serpuchow, ehemals Schriftsteller, ist Wirt geworden. Er steht also hinter der Theke, er steht dort seinen Mann und zapft Bier ab. Ein Glas, zwei Glas, zehn Glas, je nach Zahl der Gäste und ihren Bedürfnissen. Der Oberkellner trägt die Gläser zu den Tischen, hierhin und dorthin. Manchmal ist kein Gast da, dann zapft sich Nikolaj Ivanovic selbst ein Glas ab, ist ja sein gutes Recht, schließlich ist er Wirt und nicht Schriftsteller und Hungerleider.

Der Oberkellner bekommt nichts abgezapft, denn er ist Angestellter und soll während der Arbeit keinen Alkohol zu sich nehmen. Der Oberkellner ist schwarz und schäbig gekleidet. Er steht am Fenster und schaut, ob Gäste kommen. Oder er steht am Fenster und schaut zu Nikolaj Ivanovic herüber, wie er sich ein Bier abzapft. Wahrscheinlich würde der Oberkellner Nikolaj Ivanovic am liebsten totschlagen, aber da er im Dienst ist, verkneift er sich das.

Ein Gast kommt herein, setzt sich an einen Tisch und bestellt ein Bier. Nikolaj Ivanovic zapft ab, und der Oberkellner bringt das Bier an den Tisch. Der Gast trinkt das Bier schnell aus. Er sieht gewöhnlich aus und könnte Evgenij Lvovic Svarc sein. Andererseits muss sich Evgenij Lvovic Svarc immer gleich übergeben, wenn er ein Bier trinkt, deswegen dürfte es wer anders sein.

Der Gast trinkt zwei, drei, zehn Biere mit großer Geschwindigkeit. Nikolaj Ivanovic rechnet schon im Geiste seinen Verdienst aus, und der Oberkellner überschlägt sein Trinkgeld. In der Erwartung der nächsten Bestellung zapft Nikolaj Ivanovic bereits das elfte Bier ab, und der Oberkellner steht, mit dem Rücken zum Gastraum, wartend vor der Theke. Wie aber Nikolaj Ivanovic aufschaut, ist der Gast verschwunden.

Nikolaj Ivanovic nennt den Oberkellner einen Hundsfott und Taugenichts, der seine Pflicht verletzt habe, und verabreicht ihm eine Backpfeife. Die Pflicht des Oberkellners sei es, den Gast im Auge zu behalten und seine Anwesenheit bis zum Entgelt des Verzehrs zu gewährleisten. Der Oberkellner nennt Nikolaj Ivanovic ein ausbeuterisches Arschloch, schmeißt das elfte, bereits gefüllte Bierglas auf den Boden, kündigt und verlässt das Lokal. Der Oberkellner ist also ebenfalls verschwunden.

Nikolaj Ivanovic zapft sich ein Bier ab, um die erregten Nerven zu beruhigen. Wie er aber aufschaut, sitzt der Gast wieder an seinem Tisch und will ein weiteres Bier haben. Er sei zwischenzeitlich nur auf der Toilette gewesen, sagt er.

Nikolaj Ivanovic zapft dem Gast ein elftes Bier ab, übernimmt zwischenzeitlich den Beruf eines Oberkellners und serviert dem Gast das Getränk. Dann geht er hinter die Theke zurück und zapft sich selbst auch ein Bier ab, um sich für die berufliche Doppelbelastung zu stärken.

Wie er aber aufschaut, ist der Gast wieder verschwunden. Nikolaj Ivanovic geht zur Toilette, aber auch dort bleibt der Gast verschwunden. Nikolaj Ivanovic geht auf die Straße, er schaut nach links und nach rechts und sogar nach oben - nichts.

Wie er sich aber umsieht, ist auch die Wirtschaft verschwunden. Nur ein Stück Ödfläche ist noch da, mit räudigem Gras, Abfall und einem Hund, der gerade das Bein hebt.

Da beschließt Nikolaj Ivanovic, den Beruf des Wirtes und auch den des Oberkellners aufzugeben und wieder Schriftsteller zu werden. Er will die wunderbaren Ereignisse seines eben verflossenen Lebens künstlerisch darstellen. Er schaut nach innen, in die Kammern seines Gedächtnisses, links, rechts, oben, unten – nichts. Alles verschwunden!

Wie er sich aber zu wundern anfangen will, ist er sich selbst abhanden gekommen, einfach verschwunden, und ich beeile mich, die Geschichte von … von … - wie heißt er doch gleich? - zu einem befriedigenden Ende zu –

Ich lese kein Buch.
Ich habe kein Buch gelesen.
Ich werde kein Buch lesen.
Grunz, ich habe gesprochen!

Der neue Roman

„Ungemein schätzenswerte, gute, brave, liebe Leute waren es; nur fragten sie mich unglücklicherweise immer nach dem neuen Roman; und das war fürchterlich." Diese Sätze stammen nicht von mir, sondern von Robert Walser. In seinem „Poetenleben" beschreibt er sehr anschaulich, in welch missliche Lage er durch ein paar harmlose Andeutungen gekommen ist. Er hat nichts, allenfalls eine vage Idee, und nun erwartet man alles von ihm, Großes, Bedeutendes.

Guter, lieber, unschuldiger Robert Walser! Man merkt doch gleich, dass das vor vielen, vielen Jahren passiert ist. Heutztage gibt der große, bedeutende Dichter ein großes, bedeutendes Statement ab: Er gehe daran, einen neuen Roman zu schreiben. Genaueres könne und wolle er jetzt noch nicht sagen, er wolle der Muse und den Schaffenskräften nicht vorgreifen, aber dass da etwas beginne, sich rühre, etwas Bedeutendes – das wolle er der Welt nicht vorenthalten.

Diese bedeutende Nachricht fliegt nun mit Windeseile durch die Medien. Jetzt, sollte man denken, steht der Autor unter Druck, er hat ja sein Wort gegeben, jetzt muss er es einlösen. Und wenn ihm nichts einfällt? Wenn sich die Muse nicht ins Geschirr spannen lässt? Wird es ihm gehen wie Robert Walser, der sich nur noch mit Bangen unter Menschen traute, aus Angst vor der Frage: „Wann kommt denn endlich Ihr neuer, starker Roman?"

Nichts dergleichen! Der moderne Autor geht sogar auf Lesetournee, stellt vor, was er noch gar nicht hat. Vor ihm liegt ein Sudelheft, oder vielleicht sind es ein paar lose Blätter, über die er kühn geschrieben hat: „Unvorgreifliche Gedanken zur Konzeption des 5. Kapitels", und nun plaudert er munter drauflos, über die Eisenbahnfahrt, über seine Fehde mit dem Autor P., über Probleme des Haarausfalls, über das Versagen des Schriftstellerverbands – was ihm halt so einfällt, unvorgreiflich ist es allemal. Das Publikum ist beeindruckt. Wie es in dem großen, bedeutenden Kopf wogt und brodelt!

Nun gut, sagen wir, aber wie soll daraus der neue, starke Roman werden? Wird das nicht mit einem fürchterlichen Fiasko enden? Wird der Autor nicht wie Robert Walser in einen so beklemmenden, beklagenswerten Zustand geraten, dass er eines Tages mit Schimpf und Schande einfach das Weite suchen muss?

Weit gefehlt! Eines Tages legt der große, bedeutende Autor seinen neuen, starken Roman vor. Er umfasst 600 Seiten und beschreibt die Unmöglichkeit, heutzutage einen Roman zu schreiben...

Von der Last der Bücher

Oswald ist Buchhändler und Freund. Ich weiß, das klingt unglaubwürdig, aber warum sollte nicht auch, herrgottnochmal, ein Buchhändler Freund sein? Dass bestimmte Berufe „unehrlich" seien, ist doch eine Ansicht vergangener Zeiten und längst überholt. Heutzutage ist die Unehrlichkeit nicht auf Henker, Wucherer und Abdecker beschränkt, sondern gleichmäßig über alle Berufe verteilt wie ein feiner Grauschleier, und jeder darf seinen Vorteil wahrnehmen, wie er kann.

Ja, ich muss sagen, Oswalds Buchladen scheint sich vom Üblichen vorteilhaft zu unterscheiden, denn aus ihm kommt ein feiner, vornehmer Geruch. Ob er nun von Oswalds Ehrenhaftigkeit herrührt oder von den delikaten Parfums seiner Fräuleins, die unter seiner Regie bedienen, das weiß ich nicht. In seinem rückwärtigen Büro und Mehrzweckraum übrigens, in den er nur auserwählte Freunde lässt, stinkt es dagegen gottserbärmlich. Das sei das Packmaterial, der Leim, das alte Haus, sagt Oswald. Mich stört das scharfe Gerüchlein keineswegs, es verleiht dem Unternehmen einen soliden, glaubwürdigen Charakter. Oswald will nichts verbergen. Wenn es stinkt, dann soll es stinken, so ist die Welt. Wenn umgekehrt das Aroma überall gleichmäßig gut ist, wie in den Banken, muss man auf der Hut sein. Ich kann also sagen, dass durch Oswalds Freundschaft meine Nase empfindlicher und kritischer geworden ist. Daran sieht man, wie eine gute Freundschaft den Menschen sozusagen schon im Vorhof bereichert.

Ursprünglich hätte ich mir nie träumen lassen, dass mir das Schicksal ausgerechnet einen Buchhändler als Freund bescheren würde. Wenn man einmal von der skrupellosen Geldmacherei absieht, hat doch jeder Buchladen von Natur aus etwas Hochstaplerisches an sich. Da behauptet jemand unverfroren, bei ihm liege der reine Geist in den Regalen. Genausogut könnte der Kohlenhändler nebenan seine Briketts in Regale stellen und sagen, das sei Feuer, Wärme, also Leben. Das Publikum macht den Schwindel übrigens mit. Ist Ihnen schon aufgefallen, wie viele Menschen im Buchladen die Bücher verkehrtherum halten? Und selbst wenn jemand das richtige Halten des Buches erlernt hat, wird er meist nicht verstehen, worum es inhaltlich geht. Der Buchhändler hingegen tut so, als hätte er nicht nur alles gelesen, sondern sogar noch verstanden. Wenn man ihm etwa sagt: Ich brauche ein Buch für einen feinen alten Herrn, der viele Jahre im diplomatischen Dienst gestanden und dabei einen sehr delikaten Sinn für Kulturelles entwickelt hat, dann dreht sich der Buchhändler einmal um, zieht – ratsch! – ein Buch aus dem Regal und behauptet, das sei genau das Richtige.

Ursprünglich stand ich also Oswald sehr skeptisch gegenüber. Erst als ich eines Tages zugab, ein ganz aktuelles, hochbrisantes Buch, das bereits jeder außer mir in- und auswendig kannte, noch nicht gelesen zu haben, und Oswald sagte, er auch nicht, begann in mir das Eis zu schmelzen. Versuchsweise nannte ich noch andere Bücher, als Probiersteine sozusagen – da schaute Oswald vorsichtig nach links und rechts. Die sonstige Kundschaft war ganz Ohr, auch wenn sie geistig vertieft tat. So zog mich Oswald unter einem Vorwand in den hinteren Raum und gestand, dass er zwar lesen könne – alle Buchstaben vermöge er zu entziffern, sogar ein p wisse er von einem q zu unterscheiden –, aber von dieser Fertigkeit kaum Gebrauch mache. Einmal in seinem Leben habe er ein dickes Buch durchgeackert. Das sei ein so enttäuschendes Erlebnis gewesen, dass er sich die Mühsal kein zweites Mal aufladen wolle. Mit den knappen Verlagsinformationen, den Rapporten der Vertreter und der Hilfe seiner Fräuleins komme er gut über die Runden. Sei man denn verpflichtet, sich mit Haut und Haar seiner Ware auszuliefern? Genausogut könne man vom Heringshändler verlangen, jeden Tag Hering zu essen.

Mit diesem rückhaltlosen Geständnis hatte sich Oswald mir voll und ganz anheimgegeben. Ich verstand sofort, dass er mir damit seine Freundschaft antrug. Zuerst zögerte ich, denn ungeachtet seiner Integrität, die sich mir eben offenbart hatte, hielt mich seine äußere Erscheinung auf Distanz. Oswald erinnert mich mit seinen großen, dunklen Augen, seiner schwarzen Hornbrille, deren Gläser die Augen noch größer wirken lassen, seinem Schnauzer, seinen geschäftigen, nervösen Bewegungen – an eine Maus. Ich weiß, das ist völlig irrational, denn wenn man eine reale Maus neben Oswald hielte, würde kaum jemand eine Gemeinsamkeit entdecken. Aber diese Vorstellung hatte sich nun einmal in meinem Kopf festgesetzt. Ich fürchtete, mit Oswald als Freund würde ein Element der Unruhe in mein Leben kommen.

Oswald schien sich der Schicksalhaftigkeit der Situation bewusst zu sein. Er stand auf, rückte ein paar Bücher auf einem Stuhl zurecht, öffnete das Fenster, schloss es wieder, stieß mit dem Fuß zusammengeknäultes Packpapier zur Seite – kurz, er entwickelte gerade jetzt die mausartige Geschäftigkeit, die den glücklichen Ausgang des Unternehmens gefährdete. Am liebsten hätte ich die Entscheidung vertagt. Doch das war schlechterdings nicht möglich. Arglos hatte er mir sein Herz geöffnet, die Spitzen seiner Schnurrbarthaare zitterten in banger Erwartung. Was konnte ich da tun? Ich gab ihm recht. Ich sagte, er habe gut daran getan, seine eigenen Bücher nicht zu lesen. So solle er es auch weiterhin halten.

Oswald war überwältigt. Tränen der Rührung traten in seine Augen, er musste die Brille abnehmen und sich die Tränen abwischen. Dieser Situation konnte auch ich, sonst ein eher besonnener Mensch, nicht standhalten. Oswalds schonungslose Offenheit, seine aufrichtigen Tränen, der scharfe Geruch des Hinterzimmers, die Armseligkeit der Szenerie – ich begann zu schluchzen. Zwar presste ich die Nase in mein Taschentuch, aber was half es? Das Schluchzen wurde heftiger, meine Schultern zuckten. Das wiederum fasste Oswald als ersten wunderbaren Beweis unserer Freundschaft auf, da wollte er nicht zurückstehen, er brach in lautes Flennen und Greinen aus. Eines der Fräuleins öffnete besorgt die Tür, aber Oswald bedeutete ihr mit einem Zeichen, sich zum Teufel zu scheren. Ich weiß nicht, wie lange wir so in dem Hinterzimmer saßen. Schließlich konnten wir nicht mehr. Oswald hob ein Buch vom Boden auf, das irgendwie unter meinen Schuh geraten war. Es war ein Werk von ***. Oswald reicht es mir als Symbol, als Unterpfand unserer denkwürdigen Freundschaft, und ich gelobte, es nie zu lesen.

So hatte das alles angefangen. Hinterher konnte ich es nicht so recht verstehen. Hatten wir erwachsenen Menschen uns nicht wie rechte Esel aufgeführt? Was für Geschichten würden nun die Fräuleins in die Stadt tragen? Oswald schien so ähnlich zu denken, denn als ich das nächste Mal seinen Buchladen aufsuchte, war er bei aller Zuvorkommenheit äußerst korrekt und distanziert. Aber irgendwie hatte uns dieser Augenblick der Schwäche aneinander gekettet. Oswald kannte mich nun von einer Seite, die eigentlich überhaupt nicht existiert. Und ich hatte mit eigenen Augen gesehen, wie er im Hinterzimmer aus dem Leim gegangen war. Der eine hatte den anderen in der Hand.

Damit waren die besten Voraussetzungen für eine unverbrüchliche Freundschaft gegeben. Als guter Freund kaufte ich bei Oswald ein Buch nach dem anderen - ohne je eines zu lesen. Merkwürdigerweise brachte diese rein mechanische Tätigkeit eine wunderbare Veränderung mit sich. Die vielen ungelesenen Bücher in den Regalen waren ein sichtbarer, beredter Ausdruck unserer Freundschaft. Auch bargen sie in sich ein Geheimnis, das nur wir zwei kannten. So lud ich nach Jahren Oswald ein. Ich führte ihn in meine Bibliothek. An einer Bücherwand hing ein Zettel mit der Aufschrift: Von Oswald.

Dieser drückte mir stumm die Hand. Wir setzten uns in die englischen Ledersessel. Wir brachen nicht in Tränen aus. Wir saßen nur einander gegenüber und schwiegen. Seine frühere Unruhe hatte Oswald, zumindest in dieser Umgebung, abgelegt wie ein Mauseschwänzchen. Was für ein herrliches Schweigen war das! Wir teilten einfach unser Geheimnis: frei zu sein von der Diktatur der Bücher. Gleich, was sie auch enthielten: Kluges, Tiefsinniges, Weises oder Überflüssiges, Albernes, Abgeschmacktes – nichts davon hatte seinen Weg in unsere Köpfe gefunden. Wir waren wie berauscht von der Leere in unserem Inneren. Hatten sich nicht die anderen, die Vielleser, die Allesleser, wie die dressierten Affen ein buntes Hütchen nach dem anderen aufgesetzt, wie es die jeweilige Mode befahl? Wir aber waren uns immer gleich geblieben, als weilten wir schon auf den Inseln der Seligen.

Nach zwei Stunden köstlichen Schweigens stand Oswald auf, drehte meinen, seinen, unseren Büchern eine Nase und ging. Oswald ist Buchhändler, ein bemerkenswerter Mensch und souveräner Freund.

Ein neuer Band
von Harry Potter
ist angekündigt.

Donnerquak!
Lass ich mir nicht
entgehen!

Die Kunst der Verpackung

Herr M. verstand sich darauf, Herrn B. eine Freude zu machen, und das ging so: Von Zeit zu Zeit schickte Herr M. Herrn B. ein kleines Geschenk, das er nett verpackte, und immer war es ein Buch, das er für bemerkenswert hielt. Auf den ersten Blick scheint das nichts Außergewöhnliches zu sein, denn jeden Tag, nein, jede Sekunde werden tausende Geschenke auf den Weg gebracht, wenn auch meist keine Bücher.

Nun hatten die Pakete von Herrn M. aber eine Besonderheit: Sie waren schön, ach was, wunderschön verpackt. Wobei man sich darunter nichts Falsches vorstellen darf, Herr M. griff nicht in die Allerweltskiste mit Bändern, Schleifen, farbig bedrucktem Papier und ähnlichem Schnickschnack. Er bediente sich, wenn man so will, ganz einfacher, elementarer Zutaten, als da sind: Packpapier, Karton, schlichtes, einfarbiges Papier und Klebeband. Aber wie er diese Mittel einsetzte, rief immer aufs Neue Herrn B.s Bewunderung hervor. Herr M. verstand sich, bei aller Liebe zum Buch, vornehmlich als Verpackungskünstler.

Wie genau er den Karton zuschnitt, wie exakt er das Papier faltete und wie fein er den Klebestreifen setzte – das waren alles Beweise erlesenster Handwerkskunst. So penibel wurden die unscheinbaren Materialien miteinander verbunden, dass Kakerlaken und Bücherwürmer bei diesem Anblick jeglichen Mut verloren und sich anderweitig ihr Futter suchten.

Herr B. war übrigens der einzige, der Herrn M.s Geschmack und Fertigkeit so richtig zu schätzen wusste. Alle anderen rissen einfach die liebevoll gefertigte Hülle auf, um möglichst schnell an das Eingemachte zu gelangen, und warfen dann das, was sie ganz prosaisch „Verpackungsmaterial" nannten, in den

Papierkorb. Herr B. hingegen öffnete das Paket genauso achtsam und liebevoll, wie es entstanden war. Darüber hinaus wurde er nicht müde, Herrn M.s Kunstfertigkeit ausdrücklich zu loben, wenn sie sich trafen.

Kein Wunder, dass Herr B. der liebste Adressat von Herrn M. wurde und dass er sich bei diesen Sendungen besondere Mühe gab. Das führte dazu, dass die Verpackung zunahm. Nicht zwei Hüllen umgaben jetzt das Objekt, sondern fünf, sieben oder gar zehn, und ein Ende war gar nicht abzusehen.

Da Herr M. andererseits auf die rechten Proportionen und eine gewisse postalische Schicklichkeit achtete, wurden die versandten Bücher oder Büchlein kleiner und kleiner, und schließlich war es nur noch ein gefaltetes Blatt Papier (das allerdings nach Aussage von Herrn M. der Manessischen Liederhandschrift entstammte). Herr B. war es zufrieden. In großer Erwartung löste er jedes Mal die Hüllen des Pakets.

Nicht wenig erstaunt aber war er, als er einmal bei der zwölften und letzten Hülle angelangt war – jedoch keinen Inhalt vorfand! Nichts, rein gar nichts. Sollte Herr M. bei der ganzen Packerei das eigentliche Ziel der Tätigkeit aus den Augen verloren haben? Da er andererseits Herrn M. als klugen und gewissenhaften Menschen kannte, setzte er sich hin und dachte lange nach. Und dann fiel es ihm nach einiger Zeit wie Schuppen von den Augen. Der innerste Kern der Dinge ist das Nichts! Haben nicht etliche Weisen aus dem Morgenland immer wieder darauf hingewiesen?

Beim nächsten Treffen teilte Herr B. Herrn M. mit, zu welchem Schluss er gekommen sei. Herr M. lächelte, nickte und murmelte: „Quod erat demonstrandum…"

Damit war eine schöne Geschichte an ihr Ende gekommen. Fortan hielt sich Herr M. nicht lange damit auf, kunstvolle Verpackungen zu kreieren. Wenn er etwas verschickte, wickelte er es einfach in einen Packen Zeitungspapier, schnürte das Ding mit dem erstbesten Bindfaden zusammen, sudelte mit einem groben Filzstift die Adresse darauf – und ab ging es damit zur Post.

Die Heimsuchung

Die Heimsuchung

Eine Maus, die sich auf der Straße bedroht fühlte – und dazu bedarf es wenig, wenn man ihre Größe bedenkt –, flüchtete sich scheinbar unbemerkt durch eine offene Tür in das Innere eines Ladens, was ihr zunächst das Leben rettete, denn das sie Bedrohende wurde wegen seiner Größe vom Ladenpersonal gesehen und entschieden hinausgewiesen. Das Ganze passierte im Buchladen von N., der in dem Augenblick, als sich die Ereignisse überstürzten, auf einer Leiter stand und dank seiner überlegenen Position nicht nur das Bedrohende, sondern auch die Verfolgte wahrnahm: wie sie unter Bücherstapeln, die, dem Stile des Hauses entspechend, auf dem Boden lagen, eine Zuflucht fand.

N. wusste, dass er eigentlich das Tier nicht in seinem Laden dulden durfte, denn es ist ja allgemein bekannt, dass eine Maus zwar Käserinden und Speckschwarten bevorzugt, aber in Ermangelung solcher Delikatessen auch an Büchern knabbert und sich dadurch, horribile dictu, am Leben hält. Das Vernünftigste wäre gewesen, die Eingedrungene wieder hinaus auf die Straße zu treiben. Da N. jedoch das Bedrohende draußen heimtückisch lauernd vermutete, hätte er sich mit dieser Entscheidung zum Herrn über Leben und Tod aufgeschwungen. Das aber widerstrebte ihm. Sich in das ängstlich pochende Mäuseherz hineindenkend und –fühlend, stieg in ihm die Erinnerung an ähnliche Situationen auf, als er sich selbst vor dem Bedrohenden in den Schutz eines dunklen Loches retten musste, hoffend, dass sich das Bedrohende aus einer Laune heraus von dannen trollen würde. So beschloss N., die Verfolgte in seinen Räumlichkeiten zu belassen.

Andererseits war ihm klar, dass sich die auf dem Boden lie-

genden Bücher vom hungrigen Mausezahn bedroht fühlen würden, wobei sie nicht die Möglichkeit hätten, vor dem sie Bedrohenden Reißaus zu nehmen. N. versuchte das Problem dadurch
zu entschärfen, dass er Teile seines Pausenbrotes für die Maus
abzweigte und in der Nähe ihres Unterschlupfes auslegte.

Die Verfolgte war aufgrund früherer Erfahrungen misstrauisch, aß dann aber, dem Hunger gehorchend, einen Teil des
Pausenbrotteils, der einen Brocken Schinkenwurst darstellte.
Mit den Tagen und Wochen, als die Versorgung mit Nahrung
nicht abreißen wollte, gewann sie Vertrauen und betrachtete N.
als etwas nicht Bedrohendes, ja Befreundetes. N. hatte auch das
Ladenpersonal von den Vorgängen in Kenntnis gesetzt und zu
einem wohlwollenden Verhalten gegenüber der Verfolgten er-
mahnt, womit er den weiblichen Teilen seiner Mitarbeiterschaft
einen nicht geringen Heroismus abverlangte. Die Verfolgte
zeigte sich dadurch erkenntlich, dass sie die Bücher in ihrer
Umgebung und auch sonst verschonte. Sie tat sogar noch ein
Übriges. Unter den Augen von N. öffnete sie mit spitzer
Schnauze und zierlichen Krallen ein Buch von *** und gab
vor, darin zu lesen.

Das jedoch war pure Heuchelei, und N., dem Heuchelei im
Innersten zuwider ist, jagte das impertinente Luder, ihm mit
seinen Schuhen teils den Weg versperrend, teils diesen wei-
send, zur Ladentür hinaus. Da die Verjagte draußen weit und
breit keine Bedrohung zu erkennen vermochte, rannte sie quie-
kend fort, hielt dann aber, drehte sich um, richtete sich auf ihren Hinterbeinen auf, krümmte drohend den einen Vorderfuß
zur Faust und rief nach einem gotteslästerliche Fluch in schril-
lem Diskant: Sie werde, so wahr sie hier stehe, in N.s Laden
zurückkommen und nicht eher ruhen, als bis sie alle seine Bücher zernagt hätte. Der Teufel solle ihn holen! In diesem Mo-

ment jedoch kam das Bedrohende, das wochenlang geduldig gelauert hatte, über sie und machte ihr den Garaus.

Ja, der Buchhändler N. hat ein gutes Herz, aber an der Nase herumführen lässt er sich deswegen noch lange nicht.

Exit Mr. Hyde

Ein Kürzestkrimi

"Es ist aus, Hyde", sagte Dr. Jekyll und legte ihm die Schlinge um den Hals. "Kommen Sie, Doc! Wir können doch über alles reden! Bitte!", röchelte der andere. Doch statt einer Antwort stieß Dr. Jekyll den Stuhl unter seinen Füßen weg.

In diesem Augenblick erkannte Dr. Jekyll, dass er einen großen Fehler gemacht hatte. "Scheiße!", entfuhr es ihm. Sein letzter Gedanke war: Mein Gott, so redet doch Hyde …

Der Murkelpreis

Ich weiß nicht, wie das geschehen konnte: Links und rechts von mir klatschten die Literaturpreise nur so herunter wie die Kuhfladen, ich aber blieb völlig unberührt davon. Jeden aus der schreibenden Zunft, den ich kannte, hatte es schon mindestens dreimal getroffen. Aus irgendeinem Grund sparten mich die preisverleihenden Organe und Gnadeninstanzen aus. Dabei hatte ich mir nichts vorzuwerfen. Meine Texte waren genauso nichtssagend und albern wie die ausgezeichneten Meisterwerke, ja partienweise waren sie, hatte ich das deutliche Gefühl, sogar noch alberner, also preiswürdiger.

Guter Rat war teuer. Mein Leben drohte unausgezeichnet zu verrinnen. Literaturpreise haben ja eine magnetisch-kumulierende Wirkung. Wo einer da ist, gesellt sich zutraulich gleich ein zweiter dazu. Und wenn ein Dichter gar deren fünfe hat, kann er beruhigt die Hände in den Schoß legen. Seine Bepreisung ist ein eigendynamischer Vorgang geworden, der mit dem Werk nur noch flüchtig zu tun hat. Umgekehrt aber: Je höher die lorbeerbekränzten Poeten hinauf in die Unsterblichkeit steigen, umso tiefer fährt der Missachtete hinab in den Orkus ewigen Vergessens. Beim Teufel, ich geriet in eine schwere Krise, wollte schon alles hinschmeißen und bei Edeka Käse verkaufen.

Aber zum Glück kam mir eine rettende Idee. Wer ist noch würdevoller als ein Preisträger? Natürlich ein Preisverleiher, der schöpfergleich aus dem Nichts ein Wunder schafft. Er stellt, und sei es auf dem platten Lande, gleichsam eine Schale mit Zuckerwasser auf, und aus der vermeintlichen geistigen Wüste schwärmen plötzlich scharenweise die herbeigewünschten Genies herbei.

Ich stellte also öffentlich allen potenten Dichtern und fruchtbaren Dichterinnen des Landes tausend Euro in Aussicht und nannte das Ganze den Murkelpreis. Ich sehe jetzt manchen zartbesaiteten Leser zurückschrecken, aber neben Ruhmsucht und Geldgier ist bei mir, Gott sei's geklagt, die Liebe zur Wahrheit besonders stark ausgeprägt. Da ich vor Augen hatte, was bisher anderweitig ausgezeichnet worden war, und mir leicht ausmalen konnte, was ich von meinen Kandidaten zu erwarten hatte, kam ehrlicherweise nur dieser Name in Frage. Wer den Murkelpreis gewinnen wollte, musste ein schon gedrucktes Werk vorlegen.

Die Resonanz war phänomenal. Die Post musst Sonderzustellungen vornehmen, und ich platzierte meinen großen Mülleimer mit 200 Liter Fassungsvermögen vor dem Haus, mit der Aufschrift: Murkelpreis. Ich prüfte jedes Werk eingehend, während ich es in die Garage trug. Die Bücher stapelte ich wie Briketts, bald war die Garage voll. Es war erstklassiger Stoff. Jedes dieser fürwahr einmaligen Werke hätte den Murkelpreis verdient.

So ergab sich für mich das Problem der Jurierung. Wer von den wacker dichtenden Leutchen war mit Fug und Recht als Ober- und Meistermurkler anzusehen? Es ging nicht ohne eine Jury. Eine Jury aber muss zwei Dinge in sich vereinigen: Sie muss vielköpfig und doch eines Sinnes sein. Ist sie nur das erstere, gibt es eine Schlägerei; ist sie nur das letztere, wirkt das Ergebnis auf die Leute stalinistisch.

Ich löste das Problem auf meine Weise. Da ich schon immer einige miteinander ringende Seelen in meiner Brust verspürt hatte, berief ich Professor Wolf, Dr. Dr. h.c. G. Angbrenn und Frau Neise in die hohe Kommission. Die Professores und Doctores wirkten schon per se vertrauenswürdig, und von Frau

Neise wusste ich zu berichten, dass sie mancherlei Goethe-Institute in der Türkei und noch weiter hinten geleitet habe. Ich selbst war, als Ideenstifter, Geldgeber und Preisverleiher, zwar Vorsitzender der ehrwürdigen Kommission, besaß aber als solcher, wie das so üblich ist, kein Stimmrecht.

Die Jury trat zu langwierigen und schwierigen Beratungen in meinem Wohnzimmer zusammen. Sie versagte sich in weiser Voraussicht, die Werke in der Garage selbst in Augenschein zu nehmen – sonst hätte der Auswahlprozess kein Ende gefunden. Die Jury verließ sich auf die knappen, treffenden Charakterisierungen des Vorsitzenden, die ausreichend Stoff für subtile Diskussionen und sorgfältige Wertabwägungen boten. Die Jury kam zu dem einstimmigen Ergebnis, dass der Dichter M. den Murkelpreis verdient habe.

Als ausführendes Organ des Preisverleihungsgremiums rief ich M. an.

„Herr M.“, sagte ich, „ich darf Sie beglückwünschen, Sie haben den diesjährigen Murkelpreis gewonnen.“

M. dachte kurz nach und sagte dann: „Wann kriege ich das Geld?“

„Umgehend, mein lieber M. Allerdings unter einer Bedingung.“

„Welcher?“, fragte er misstrauisch.

„Wir verzichten auf eine öffentliche Preisverleihung, die ja meist mit viel Peinlichkeit verbunden ist. Immerhin muss der Ausgezeichnete aus seinem preisgekrönten Werk vorlesen -“

„Welche Bedingung?“

„Sie müssen sich damit einverstanden erklären, dass wir der Presse mitteilen: Der diesjährige Murkelpreis, der mit tausend Euro dotiert ist, wurde an Herrn M. verliehen.“

Nach einer Pause sagte M.: „Das geht nicht. Meine Ehre verbietet mir -"

„Herr M.", unterbrach ich ihn, „das Geld gibt es nur mit dem Preistitel."

„Können Sie nicht wenigstens auf den ersten Buchstaben verzichten?"

„Urkelpreis? So einfach geht das nicht. Das M müsste notariell gelöscht werden, und das kostet gut und gerne 500 Euro."

„Und wenn sie den Murk streichen?"

„EL-Preis? Mein lieber M., das kostet ein Vermögen. Moment mal, ich hole meinen Taschenrechner."

„Löschungsbewilligung, Eintragung in die Urkundenrolle, Schreibkosten, sonstige Auslagen – mein Gott, das sind 1573,84 Euro!"

M. seufzte. „ Nun gut, ich überweise Ihnen den Differenzbetrag von 573,84 Euro. Und Sie verpflichten sich im Gegenzug, die Presse in Kenntnis zu setzen: Der diesjährige EL-Preis, der mit 1000 Euro dotiert ist, geht an den Dichter M."

Und so geschah es dann.

Ob der EL-Preis der Elisabeth-Langgässer-Preis oder der Else-Lasker-Schüler-Preis oder gar der Ephraim-Lessing-Preis ist, das hat M. immer in der Schwebe gelassen.

Diese Preisverleihung ist übrigens M.s literarischer Durchbruch gewesen. Seitdem hat er vier weitere Preise erhalten. Alles Murkelpreise, versteht sich, obwohl sie so nicht heißen.

Der Murkelpreis

Endlich wieder zu Hause!

Der Trost des Banalen

Mit Interesse, Anteilnahme, Freude, Spannung, Leidenschaft, Betroffenheit, Schmerz, Zorn usw. lese ich die großen Werke der Weltliteratur. Ich begleite Odysseus, Hamlet und den edlen Don Quijote auf ihren verschlungenen Lebenswegen und vergieße manch heimliche Träne. Ja, wenn ich lese, bin ich kaum noch ich selbst. Ich bin wie eine Feder, die der mächtige Atem der genialen Dichter hin und her pustet. Aber, ich muss gestehen, am Ende lassen mich die Genies im Stich, auf den letzten Seiten plumpse ich unweigerlich herunter wie ein Stein.

Das Ende ist immer enttäuschend. Nach all den herrlichen Abenteuern, nach all diesen unglaublichen Verwicklungen – was passiert da? Der Held stirbt einfach oder kehrt zurück in ein gewöhnliches, ordinäres Familienleben. Ich bitte Sie! Das kann doch jeder! In der Tat, das Ende ist für den Leser immer eine Katastrophe, ein Absturz in Plattheit und Banalität.

Ist das schieres Unvermögen? Wissen die Dichter, auch der unübertreffliche Homer, irgendwann einmal nicht mehr weiter? Da hat er in seiner Odyssee eine wirklich imposante Szenerie aufgebaut: ein Mann, eine Frau – und 120 Rivalen! „Freier" auch noch, wie er sie in seiner Kühnheit und Unverfrorenheit nennt. Wie armselig wirken demgegenüber die gerühmten französischen Pikanterien, ob im Buch oder im Film, wo ganze zwei Männer um eine Frau herumbalzen und dennoch der Autor alle Hände voll zu tun hat, um den Überblick nicht zu verlieren. Ja, Homer lässt die Puppen tanzen. Aber irgendwann, so scheint es, hat er die Lust verloren. Da schießt der göttergleiche Odysseus einen Rivalen nach dem anderen ab, wie auf der Hasenjagd, und dann werden auch noch die Mägde aufgeknüpft. Jetzt ist die Luft raus, das interessante

Personal ist weg, es bleibt nur noch die Trostlosigkeit einer mustergültigen Ehe. Wie banal! Mehr wollen wir gar nicht wissen, enttäuscht legen wir das Buch aus der Hand.

Und doch mag ich den großen Homer nicht schelten. Wenn das noch lange mit den 120 Freiern weitergegangen wäre, hätte ich vielleicht die Orientierung oder gar den Verstand verloren. Nun aber renkt sich alles wieder ein und gewinnt ein menschliches Maß. Der göttergleiche Odysseus, wie er neben seiner Frau auf dem Sofa sitzt, das ist ein Mensch wie du und ich. Das große Epos endet banal und tröstlich zugleich.

Die modernen Romanschreiber übrigens, die mit unseren Bedürfnissen und geheimsten Wünschen innig vertraut sind, ziehen gleich die Konsequenz: Sie beginnen im Banalen und endigen dortselbst. Und dazwischen? Da ist es natürlich auch banal. Aber wie sehr wir auch diese Konsequenz bewundern, so empfinden wir dabei doch auf die Dauer ein gewisses Ungenügen. Und greifen wieder – zu Homer.

Der Bauchladen

Der Buchhändler N., obwohl in mancher Hinsicht an vorderster Front befindlich und mit seinem Spielbein sogar in einem visionären Utopia stochernd, ist auf anderen Gebieten durchaus konservativ. Zum Beispiel wickelt er seinen Schriftverkehr wie ein Buchhalter in einem alten Kontor mit Vorliebe handschriftlich ab. So erhält ein Dichter, dem N. irgendwann einmal eine Lesung in seinem Buchladen in Aussicht gestellt hat, eine Postkarte, die ihn bei aller Unleserlichkeit mit der Zuversicht erfüllt, dass sie von N. stammt und etwas Freundliches zum Ausdruck bringt.

Bei gewissen Anlässen allerdings, wenn es etwa ein Schreiben an die Steuer- oder Polizeibehörde zu richten gilt, setzt sich N. auch an seine vorsintflutliche mechanische Schreibmaschine. An ihr erreicht er nicht die im Geschäftsleben sonst übliche Perfektion, der Brief scheint irgendwie im Untergrund bei Petroleumlicht getippt worden zu sein, aber die typographische Unzulänglichkeit lässt doch etwas sehr Schönes erkennen: N. geht es um die Wahrheit und nichts als die Wahrheit, die äußere Form ist ihm Wurscht.

Nun hatte N. einmal, als er mit der Maschine kommunizierte, ein überflüssiges „a" auf den Weg geschickt, und aus einem Buchladen war unterderhand ein Bauchladen geworden. Ein anderer hätte das Blatt in den Papierkorb geworfen und das Schreiben neu verfasst. Nicht so N. Sinnend saß er vor der Wortgeburt. Hatte ihn der Huf des Musenrosses an seine alabasterne Stirn getroffen? War das als Appell der geistigen Kräfte zu verstehen, als ein Wink mit dem Zaunpfahl?

N. nahm seinen hölzernen Schuhkasten zur Hand, zimmerte und sägte, befestigte einen ledernen Halteriemen, füllte den Behälter mit den Büchern, die ihm zu jener Zeit besonders am Herzen lagen, und zog mit diesem Bauchladen auf die Königstraße.

Warum auch nicht? Ist der Kunde nicht dankbar, wenn ihm der Buchhändler ein Buch empfiehlt und ihn der lästigen Suche enthebt? Tatsächlich erregte N. auf der Straße Interesse und konnte die meisten seiner Bücher verkaufen. Sogar zwei Polizisten wurden aufmerksam und traten auf ihn zu, bemängelten dann jedoch, dass N. für seine ambulante Tätigkeit keinen Gewerbeschein vorweisen könne. N. dagegen wollte in seiner Euphorie, anspruchsvolle Literatur unter das gemeine Volk gebracht zu haben, davon nichts hören, gebärdete sich uneinsichtig und renitent und musste zur Wache gebracht werden.

Zwar war das Vergehen im Ganzen nicht gar so schlimm, und N. konnte nach väterlicher Ermahnung und ordnungsgemäßer Belegung mit einem Bußgeld wieder in die Freiheit entlassen werden. Aber mit seinem schönen Bauchladen war es damit vorbei, und nun strömen die Menschenmassen wieder die Königstraße hinauf und hinunter, so geistlos und dumpf wie vordem.

Liebe und Apfelsine

Die jungen Romanciers haben es heutzutage nicht leicht. Alle menschlichen Probleme sind schon von den Altvorderen abgehandelt worden, und packt ein Nachwuchsdichter ein Sujet am Schopf oder an der Gurgel und knebelt es aufs Papier, dann winkt das schrecklich belesene Publikum gelangweilt ab: Déja vu, déja lu. Der Poet beichtet sein Leben, schneidet sich jeden Satz aus den Rippen: Junger Mann liebt Mädchen, Eltern sind dagegen, aus der Sache wird nichts. Die Leserschaft jedoch fühlt sich gleich an „Romeo und Julia" erinnert, und der hoffnungsvolle Dichter muss sich sagen lassen, dass er weder originell schreibt noch originell lebt.

Also mit den Stories ist heutzutage kein Staat zu machen. Andererseits: So klug ist das Publikum auch wieder nicht. Wenn man ihm etwas Sand in die Augen streut, verliert es sofort die Orientierung. Bei ein wenig künstlerischer Verwirrung schreit es gleich auf: Ach, wie köstlich! Und auch die scharfsinnigen Kritiker lassen sich genauso leicht hinters Licht führen.

Ein beliebter Trick bei den gewieften Autoren ist der mit der Apfelsinenschale. Nehmen wir die obige Geschichte: Junger Mann liebt Mädchen usw., und lassen wir den Jüngling erst eine Großstadtstraße entlangschlendern, damit das Vorhaben in einem soliden Milieu verankert wird. Der flanierende junge Mann könnte natürlich gleich zu Beginn seine Angebetete imaginieren und den Himmel mit allerlei Geigen, Rosenblättern und Vögeln dekorieren – aber so etwas würde den Leser verdrießen.

Also richtet sich der Blick des Helden nach unten, zum Asphalt. Was sieht er da? Eine Apfelsinenschale auf dem Pflaster. Ausgezeichnet! Der Leser steht sofort im Bann einer aufdringlichen, auch ein wenig verwahrlosten Realität. Seine eben gewonnene Sympathie würde der Dichter allerdings gleich wieder verspielen, wenn er nun Zigarettenstummel, Papierknäuel und Hundedreck präsentieren würde. Ein solche Assortiment wäre vorhersehbar und banal.

Zum Glück fügt der Dichter zur Apfelsinenschale den rosigen Zelluloidarm einer Puppe, der sich rührend aus der Gosse reckt. Ein vortreffliches Arrangement! Jetzt muss nur noch aus einem Gully wabernder Wasserdampf aufsteigen, ein mystischer Großstadtnebel - es ist geglückt! Im geheimnisvollen Bermuda-Dreieck von Apfelsinenschale, Puppenarm und Wasserdampf vermutet der Leser zu Recht Bedeutsames. Der Kritiker fühlt sich an einer sehr zarten Stelle berührt, und der Doktorand quiekt vor Vergnügen.

Na, dann kann's ja losgehen: Junger Mann liebt Mädchen, Eltern sind dagegen usw. Die Leserschaft löffelt andächtig die uralte Suppe, die so pikant gewürzt ist.

Amore! Amore!
Ti amo!

Es gibt einfach
zu viele Bücher.

Da kennt sich
keine Sau mehr
aus!

Kultur ist Sublimierung

Man wird nicht in Abrede stellen können, dass wir von der Zeitung uns um Kultur bemühen. Kunst, Theater, Musik, Literatur, alles findet seinen Niederschlag auf den dafür vorgesehenen Seiten, und wenn es auch den Leser vorne im politischen und wirtschaftlichen Sektor ordentlich gruselt, so weiß er doch immer, dass seine Seele weiter hinten im schöngeistigen Teil behutsam wieder aufgerichtet wird. Ein Theaterskandal hier, ein Literaturstreit dort, das ist schlimm, da tun sich Abgründe auf, aber wenigstens fließt kein Blut, und der Leser fühlt sich angenehm unterhalten.

Und doch verspüren wir Kulturarbeiter von der Zeitung gelegentlich ein Ungenügen. Stellen Sie sich vor: Ein Mensch sitzt auf einer Parkbank und liest Zeitung. Was empfinden die Passanten bei dem Anblick? Nichts. Hält aber dieser Mensch ein Buch in der Hand, erscheint er gleich als höheres Wesen, denn er sitzt ja an der Quelle des Geistes, oder nicht? Liefert also die Zeitung nur einen matten Abglanz kultureller Heldentaten? Registriert sie nur schwache Vibrationen, während die Epizentren geistiger Ausbrüche ganz woanders liegen? Ist sie gar ein bloßer Parasit auf dem fetten Bauch der Kultur?

Andererseits wird jeder Leser bestätigen, dass es auch bei der Lektüre von Büchern nicht ohne Unbehagen abgeht. Vielleicht langweilt sich der eindrucksvolle Buchleser auf der Parkbank schrecklich. Er liest das Buch, weil alle davon reden – oder weil er einen schönen Artikel darüber in der Zeitung gelesen hat.

Ha! Da haben wir es! Kultur ist zunächst, in der Primitivphase, ein wildes Hin- und Herwogen, ein gewaltiges Kreißen, ein unaufhörliches, schreckliches Gebären. Die Bücher stapeln sich in den Himmel, die Bilder – wären sie alle aufgehängt – würden sämtliche irdischen Wände bedecken, und müsste man alle Töne hören, die Tausende von nichtsnutzigen Komponisten täglich mit ihren schwarzen Noten andeuten, würde man wahnsinnig werden.

Nein, nein, wahre Kultur ist Sublimierung. Was geschieht, wenn ein dicker, unverdaulicher Roman in einen schlanken, federnden Zeitungstext verwandelt wird? Das ist Sublimierung erster Qualität. Aus dem Gerumpel wird eine zarte Andeutung, ein leiser Hauch, ein himmlischer Duft.

Es soll Leute geben, die keine Bücher lesen, sondern nur, was die Zeitungen darüber schreiben. Da müssen wir selbstredend ein bedenkliches Gesicht ziehen. Wenn wir uns aber mit Schrecken an die Hervorbringungen zeitgenössischer Literaten erinnern, durch die wir uns aufgrund unsere kulturellen Auftrags durchgeackert haben, müssen wir sagen: So verkehrt ist das nicht...

Ein Buch! Ein Buch!
Mein Königreich
für ein gutes Buch!

Die Dichterlesung

Das kulturelle Angebot heutzutage ist enorm, besonders in der Großstadt: Theater, Oper, Ballett, Konzerte, Ausstellungen, ganz zu schweigen von den feinen Lokalen, in denen sich auch der einfache Bürger, von Wein und Entrecôte beflügelt, gesprächsweise zu beachtlichen geistigen Leistungen aufschwingen kann.

In der Kleinstadt hingegen gibt es nicht so viel, dafür hat hier die Dichterlesung einen hohen Rang. Während der anreisende Dichter in Berlin oder München nach seinem Eintreffen verloren auf dem Bahnhofsgelände herumsteht, wird er in der so genannten Provinz mit offenen Armen und viel Respekt empfangen. Der Leiter des Kulturamts, ein Würdenträger von der Volkshochschule und der Buchhändler scharen sich um ihn und würden ihn am liebsten auf den Händen vom Bahnsteig zur Stätte der Lesung tragen. Hier gilt das dichterische Wort noch etwas, hier fällt es auf fruchtbaren Boden.

Bei diesen Dichterlesungen sind drei Erscheinungsformen zu unterscheiden. Es gibt die rituelle, die intime und die festliche Lesung, wobei die einzelnen Ausprägungen nicht völlig voneinander getrennt werden können. Rituell, intim und festlich ist es eigentlich immer, nur dominiert mal die eine, mal die andere Komponente.

Für ihre Lesungen können die Städte herrliche alte Gebäude zur Verfügung stellen. Kommen Sie doch mit in „den Spital", einen imposanten Gebäudekomplex aus dem 13. Jahrhundert. Es ist elf Uhr, der Innenhof schwarz von Menschen. Allerdings stellt sich heraus, dass nicht alle zur Lesung wollen. Die meisten waren eben in der Kirche gleich nebenan und diskutieren noch über die Qualität der Predigt. Aber eine erkleckliche Anzahl findet doch in den großen Saal des Museums, wo der Dichter lesen wird und wo es auch kirchlich-feierlich zugeht.

Die Leute sitzen erwartungsvoll da und unterhalten sich flüsternd. Der Kulturdezernent der Stadt tritt ans Lesepult und schaut zunächst schweigend und schon im voraus irgendwie ergriffen in die Gemeinde. Man räuspert sich. Wenn jetzt Gesangbücher ausgeteilt würden und der Herr zum gemeinsamen Singen eines Chorals aufforderte, fände man das durchaus in Ordnung.

Nach einer kurzen Einführung in Werk und Vita des Dichters durch den Dezernenten begibt sich der so Eingeführte an das Lesepult, öffnet ein in schwarzen Samt (so scheint es) gebundenes Buch und trägt vor. Es sind Gedichte. Diese sind so geheimnisvoll, dunkel und mystisch, dass dem lauschenden gemeinen Volk eine Messe auf Latein genauso zugänglich wäre. Hin und wieder leuchtet ein verständlicher Brocken auf wie dunkel glänzendes Gold. Sinnschwaden wabern wie betäubender Weihrauch durch den Raum. Der Beifall am Ende stört die Feierlichkeit der rituellen Lesung etwas, aber irgendwie muss man ja wieder hinab aus den höchsten Sinnsphären und zurück in die profane Wirklichkeit.

Die intime Lesung findet nach vierzehn Tagen in der „Schranne" statt, einem prächtigen Gebäude aus dem 15. Jahrhundert. Dort ist die Stadtbücherei untergebracht, und im Lesesaal sind sechzig Stühle aufgestellt. Tatsächlich kommen aber nur zwölf Interessenten.

Der Dichter ist ungehalten. So intim hat er es sich nicht vorgestellt. Er hat sich apart und professionell hergerichtet: langer, schwarzer Schal über dem Jackett, Stahlbrille mit kreisrunden Gläsern und interessanter Stoppelbart à la Don Johnson in „Miami Vice". Die Moderation übernimmt die Leiterin der Stadtbücherei. Sie sagt, sie könne auch nicht verstehen, warum so wenige gekommen seien. Sie dankt den real dasitzenden Zuhörern für ihr Erscheinen. Man wolle noch fünf Minuten warten, vielleicht kämen noch mehr.

Tatsächlich aber bleiben es zwölf. Seufzend trägt der Dichter eine Geschichte vor, diese handelt – von einer Lesung. Der Held, wohl der Poet selbst, befindet sich in seinem Kleinwagen auf der Autobahn und gelangt durch allerlei Widrigkeiten und Bosheiten zu spät zu seiner Lesung. Nur noch drei Leute haben in der Geschichte ausgeharrt. Hier wollen wir mit der Betrachtung der intimen Lesung aufhören, sonst wird sie zu intim, und unversehens sitzt der Dichter alleine da.

Die festliche Lesung findet natürlich im „Neuen Rathaus" statt, das aus dem Jahre 1503 stammt. Früher waren unten die Metzger einquartiert, denen man bei der Wurstherstellung genau auf die Finger sehen wollte. Gibt es da eine Parallele zu dem heutigen kulturellen Ereignis? Ich sehe keine. Zwar hat einmal der Künstler Diter Rot das Buch eines berühmten zeitgenössischen deutschen Dichters kleingehäckselt, in einen Darm gesteckt und das Ganze als unverdauliche „Literaturwurst" bezeichnet, aber das ist geschmacklos und unzutreffend, finden Sie nicht auch?

Der Sitzungssaal ist gerammelt voll. Der Oberbürgermeister eröffnet höchstpersönlich, wenn schon nicht mit güldener Amtskette, so doch mit festlicher Fliege. Die Stadt fühle sich durch das Erscheinen des Dichters geehrt, sagt er feierlich.

Der berühmte K. erhebt sich, schreitet, man sieht ihn kurz von vorne, etwas länger von hinten und dann überhaupt nicht mehr, denn K. liest im Sitzen. Aus seinem neuen Roman. Er liest gut, jedes Wort dringt unversehrt an die Trommelfelle, dennoch weiß man nicht so recht, welche Botschaft der Dichter

mitteilen will. Es geht irgendwie um die zerklüftete Seelenland-
schaft eines hochsensiblen Menschen unter dem dräuenden
Himmel kosmischer Sinnlosigkeit. Aber was soll's! Wir sitzen
hier feingemacht und frisiert, mit K. und dem Oberbürgermeister in einem Raum. Sogar der Bundespräsident schaut von einem Foto weise lächelnd zu uns herab.

Geschafft! Der Dichter klappt sein Buch zu, neigt huldvoll
das Haupt und nimmt den warmen Beifall freundlich entgegen.
Nun kann man am Buchhändlertisch ein Exemplar des Romans
erwerben und dieses vom Dichter signieren lassen. Stolz trägt
man es nach Hause, stellt es in das Regal und nimmt sich fest
vor, eines Tages das gehaltvolle Werk in aller Ruhe gewissen-
haft Wort für Wort, Seite für Seite, Kapitel für Kapitel zu zu äh
äh ---

Und noch ein Literaturpreis

Die Franzosen haben eine treffliche Redewendung: „corriger la fortune", was meist recht plump und unflätig ins Deutsche übersetzt wird, nämlich mit „bescheißen": Die wörtliche Übersetzung, also „das Glück korrigieren", wäre meist zutreffender und passender. Das Glück ist nämlich eine Art Depp, der zunächst gutmütig in die gewünschte Richtung trottet, dann jedoch in seinem Tran völlig vergessen hat, warum und wozu. In einem solchen Augenblick, muss man ihm kräftig in den Allerwertesten treten, sodass er wieder weiß, wo es langgeht.

Um Ihnen zu verdeutlichen, was ich meine, will ich Ihnen etwas erzählen. Sie werden es nicht für möglich halten: Ich hatte bei einem literarischen Wettbewerb mit einer meiner lausigen Geschichten den dritten Preis gewonnen. Die Summe war eher bescheiden, ganze 500 Deutschmark. In der freien Wirtschaft wäre das ein Klacks, und wenn einer dort so etwas als Schmiergeld angeboten bekäme, würde er es entrüstet ausschlagen und auf seine Ehre pochen. Aber bei uns Literaten werden kleinere Brötchen gebacken.

Ich sagte mir also: Kleinvieh macht auch Mist, und beschloss zur Preisverleihung anzureisen. Die Zugfahrt dauerte drei Stunden, zurück waren es sogar dreieinhalb.

Wenn Sie nun aber glauben, angesichts des bescheidenen Betrages sei die Preisverleihung am Bahnhofskiosk bei einer Currywurst erfolgt, haben Sie keine Ahnung von der Feierlichkeit unseres Kulturbetriebs. Die Preise waren von einer Rundfunkanstalt gestiftet worden, und die verantwortlichen Herren hatten Himmel und Hölle in Bewegung gesetzt, um das, was beim Preisgeld eingespart worden war, für Glanz und Pomp zu verpulvern.

Man hatte für den großen Anlass einen jener Paläste gewählt, in denen sonst die Herren der Wirtschaft ihre Rituale zelebrieren: Tagungen, Vorträge, Seminare, auch festliche Bälle im gedeckten Anzug mit Damen. Industrie und Handel hatten sich großmütig der Kultur angenommen, den Hanswurst sozusagen ins Haus gelassen. Ein bisschen Abwechslung, ein bisschen Schnickschnack, ein bisschen Kultur aufs Brot gestrichen – warum nicht, herrgottnochmal!

Ich tippelte also vom Bahnhof zum Ort des Geschehens, damit nicht gleich das halbe Preisgeld für die Taxifahrt draufging. Schon vor dem Gebäude war deutlich zu sehen, dass sich hier etwas Besonderes anbahnte. Ein großer blauer Ü-Wagen stand da, Kabelstränge führten ins Haus hinein, Toningenieure eilten hin und her und widmeten sich komplizierten Apparaturen.

Drinnen im Haus wurde ich, als ich mich vorsichtig und nach allen Seiten hin verbindlich lächelnd bewegte, sofort als Dichter und Preisträger identifiziert. Das lag wohl an meiner guten braunen Hose und der hellen Sommerjacke, die mir etwas weltmännisch Verwegenes verliehen. Ich wurde schon dringend gebraucht – für die Pressekonferenz. Holla, sagte ich mir, nun scheint deiner weltweiten Anerkennung nichts mehr im Wege zu stehen.

Die Pressekonferenz wurde in zwanglos-gemütlicher Form in einem größeren Raum abgehalten. Man saß um einen großen Tisch herum. Darauf lagen – die Rundfunkanstalt hatte ihren Etat nicht geschont – Teller mit Brezeln, die am dickeren Ende sehr ordentlich mit Butter beschmiert waren.

Ein Diener, muss man wohl sagen, fragte, ob man Saft oder Wein wünsche, und wenn Letzteres, ob es vom roten oder vom weißen sein dürfe. „Du rouge", sagte ich heiter. Das war wohl zu frivol, denn der Diener fragte mich noch einmal nach meinem Begehren. Da verlangte ich ganz prosaisch den Rotwein und bekam auch prompt mein Gläslein.

So eine Preisverleihung ist doch etwas Nobles, sagte ich mir, knabberte an meiner Brezel und nuckelte ein Schlücklein. Als ich aber eine zweite Brezel greifen wollte, war der Teller schon leer und blieb es auch. An einem zweiten Gläslein hätte es zwar nicht gemangelt, doch ich wollte auf der nun beginnenden Pressekonferenz einen gelassenen und überlegenen Eindruck machen und nicht im Zustand einer sorglosen Trunkenheit dummes Zeug daherreden. Allerdings wurde ich bei den nun einsetzenden Fragen der Journalisten kaum gebraucht.

„Wieso steht der Geschichtenwettbewerb unter dem Motto ‚Das goldene Ränzlein‘?" wollte man wissen.

„Das schien uns ein passender Name zu sein", antwortete sehr routiniert ein Rundfunkredakteur. „Jeder Teilnehmer kann etwas in das Ränzlein legen, und vielleicht", hier lächelte er verschmitzt, „ist auch ein Stücklein Gold dabei."

„Wie viele haben in das Ränzlein gelegt?"

„Fast sechshundert", sagte der Redakteur stolz. „596, um genau zu sein."

Genauigkeit ist der Journalisten oberstes Gebot, ja Herzensbedürfnis, und so kritzelten sie alle „596" in ihre Blöckchen.

„Lässt sich etwas Spezifisches über den gesellschaftlichen Standort der Partizipienten sagen?"

Donnerwetter! Jetzt mischte ein Intellektueller die Sache auf. Während ich noch grübelte, was der kluge Mann wissen wollte, schüttelte der Redakteur die Antwort einfach aus dem Ärmel.

„Breite Bevölkerungsschichten fühlten sich angesprochen. Wir erhielten Geschichten vom schreibenden Lehrling bis zum pensionierten Amtsrichter."

Dadurch war die gesamte Spannweite des menschlichen Geistes erfasst. Wo ich auf dieser Skala einzuordnen wäre? Doch wohl in der Nähe des schreibenden Lehrlings, denn ein pensionierter Amtsrichter steht so über allem, dass ich mir darunter nur etwas ganz Verschwommenes, überirdisch Erhabenes vorstellen konnte.

Da erhielt ich, während mich noch das Bewusstsein meiner Erbärmlichkeit niederdrückte, einen Rippenstoß. Ich als Dichter sei aufgerufen, Antwort zu geben.

„Können Sie vom Schreiben leben?"

Ja, was sollte ich da sagen? Angesichts der fünfhundert Mark sah alles plötzlich ganz anders aus als vor wenigen Tagen. Als ich aber im Geiste die Summe über ein Jahr verteilte, gewann ich Klarheit.

Ich stand auf und sagte mit fester Stimme: „Nein."

Mehr wollte man von mir nicht wissen. Nun mussten wir drei Preisträger uns zum Gruppenfoto aufstellen, mit den Weingläsern in der Hand, die vom Diener noch schnell gefüllt wurden. Den Lesern der Zeitungen sollte vor Augen geführt werden, das wir nun, nach der Preisverleihung, ausgesorgt hatten und in Saus und Braus leben konnten.

Der erste Preisträger sah aus wie ein Mönch, und zwar wie einer von der strengen Sorte: hageres Gesicht, schwarzer Anzug und schwarzes Rollkragenhemd. Interessanterweise aber hatte er einen Spitzbart und trug am kleinen Finger der rechten Hand einen Ring mit einem großen, giftgrünen Stein, was der ganzen Erscheinung etwas Mephistophelisches verlieh. Der zweite Preis dagegen ging eindeutig an eine Hausfrau, keineswegs pensioniert, sondern eben zur Literatur erweckt und berufen. Von nun an würde sie nicht mehr zu bremsen sein.

Nun schritten wir zum Akt, ich meine zur Preisverleihung.

Diese erfolgte in einem Saal mit der bekannten festlichen Ausstattung: Podium, Rednertribüne, ein Lorbeerbaum links, einer rechts, und unten zur Rührung und Betroffenheit neigendes Volk. Am Ende sollten wir Dichter unsere Geschichten vortragen, vorher bekämen wir unsere Urkunden verliehen und unsere Preisgelder ausgehändigt. Davor aber ging es zu wie bei einem Begräbnis oder der Verabschiedung eines hochverdienten Landrats.

Also Reden, Reden, Reden. Die freie Wirtschaft redete, der Weltgeist in Gestalt des Festredners, die Rundfunkanstalt gleich mehrfach. War auch ein Priester dabei und ein hoher Beamter des Auswärtigen Amtes? Ich weiß es nicht mehr, ich fühlte mich wie bei einer Überschwemmung. Ein schrecklicher Strom war über die Ufer getreten und spülte mich mit wie ein Stück Holz. Das Mahlen und Gurgeln und Tosen der vielen Worte wollte kein Ende nehmen.

Jede Rede war säuberlich von der nächsten durch Musik getrennt. Eine hochinteressante Sache zunächst. Eine Flöte und ein Cello führten miteinander Zwiesprache, und es klang wie eine Auseinandersetzung zwischen einer hysterischen Maus und einem beleidigten Bären. Sehr interessant am Anfang, aber mit der Fortdauer der Streitereien wünschte man sich, die Maus würde in einem jähzornigen Anfall dem Bären die Halsschlagader durchbeißen und der Bär zerquetsche mit der letzten Bewegung seiner Tatze das Ungeziefer.

Wissen Sie, was ich damals dachte? Ich dachte, dass mir die 500 Mark teuer zu stehen kämen. Ja, ich wünschte mir vorübergehend, ich wäre einer der 593, die leer ausgegangen waren.

Doch da erhielt ich wieder einen Rippenstoß. Eben stand er Programmdirektor der Rundfunkanstalt auf dem Podium und wollte mich vor allen Leuten ehren. Der dritte Preis sollte zuerst antreten, anschließend der zweite und dann – es war kaum noch auszuhalten – der erste. Beim folgenden Vorlesen sollte es genau umgekehrt sein: Zuerst würde der Mönch psalmodieren, dann die Hausfrau anrichten und ich – wer weiß, wozu ich dann noch in der Lage wäre.

Ja, das Programm zeigte sich von seiner langen und komplizierten Seite. Aber das musste man der Kultur einfach zubilligen. „Lieber Herr B.", sagte der Programmdirektor zu mir, als ich neben ihm auf dem Podium stand, „ich freue mich, Ihnen den ersten Preis überreichen zu können."

Ich glaubte, meinen Ohren nicht trauen zu dürfen. Unten kam Unruhe auf, bei den Journalisten, aber vor allem bei den Rundfunkleuten in der ersten Reihe.

„Ihre Geschichte hat so etwas – wie soll ich sagen – menschlich Bewegendes an sich", fuhr der Programmdirektor fort. „Gerade in unserer Zeit, die sich etwas darauf zugute hält, alles so distanziert und kühl, ja, ich sage sogar: kaltschnäuzig…"

Die diffuse Unruhe unter den Rundfunkleuten begann sich nun konkret zu artikulieren, mit Flüstern und Gesten. Einer streckte drei Finger in die Höhe, ein anderer zischte: „Der dritte, Herr Direktor!"

Da wurde sich der Programmdirektor seines Irrtums bewusst. Doch dieser fähige Mann hatte ja von der Pike auf gedient, er hatte sich schon aus scheinbar ausweglosen Situationen mit Bravour herausgeschlagen.

So lächelte er routiniert und sagte: „Ja, mein lieber B., Sie hätten wahrhaftig den ersten Preis verdient…"

Und da packte ich die Gelegenheit beim Schopf. Ich korrigierte mein Glück und trat ihm entschlossen in sein dickes, dummes Hinterteil.

„Ich danke Ihnen", sagte ich deutlich in die Mikrophone, „ich danke Ihnen, Herr Programmdirektor, ich danke der Rundfunkanstalt, die sich in letzter Minute großzügig dazu entschlossen hat, zwei erste Preise zu verleihen."

Im Saal gab es erst einen Moment der stillen Verblüffung. Die Rundfunkleute in der ersten Reihe starrten mich entgeistert an, als hätte ich in aller Öffentlichkeit eine unerhörte Ferkelei nicht nur ausgesprochen, sondern schamlos praktiziert. Dann aber begannen ein paar Leute zu klatschen, und mitgerissen von dieser spontanen Begeisterung, applaudierte das Publikum von der zweiten bis zur letzten Reihe. Die Journalisten kritzelten in ihre Blöckchen, die beiden Fotografen eilten nach vorne und blitzten. Damit war es entschieden. Ich hatte den ersten Preis gewonnen. 1000 Deutschmark.

Die Rundfunkanstalt erwies sich als sehr nobel. Sie zahlte korrekt 1000 Mark. Dass man mich kühl verabschiedete und keineswegs aufforderte, am nächsten Wettbewerb teilzunehmen, bekam ich vor lauter Glück kaum mit. Ich buchte sofort einen Flug in die Karibik mit einem vierwöchigen Aufenthalt in einem Luxushotel. Nach meiner Rückkehr werde ich von den Zinsen meines Restkapitals leben, das mir ein unverhofftes, wenn auch etwas korrigiertes Glück beschert hatte.

Hinweis

Zum ersten Mal veröffentlicht in der „Stuttgarter Zeitung":
S. 22, 25, 28, 38, 43, 45, 50, 53, 57, 63, 65,68, 75, 77, 87, 91,
97, 103, 105.
Zum ersten Mal in der „Welt": S. 108, 112.

edition imme

Wolfgang Brenneisen
Die 77 Romane von Konrad Salik
Books on Demand, Norderstedt
ISBN 9783754379271

Wolfgang Brenneisen
Tütland
Books on Demand, Norderstedt
ISBN 9783755740391